いちばんていねいで
いちばん易しいインド哲学

超入門『バガヴァッド・ギーター』

ヴィジョナリー・カンパニー代表
大塚 和彦

イラストレーター
佐とう わこ

はじめに

～『バガヴァッド・ギーター』は「心からの純粋な問いかけ」に答えてくれる本～

一冊の本を手にする時。そこには、さまざまな理由があるかと思います。

皆さんは今、どのような意図をもってこの本を手にされたのでしょう？

「悩んでいることのヒントを見つけたい」「インド哲学に関心がある」、中には「バガヴァッド・ギーター」という言葉の響きに何となく惹かれたという方もいらっしゃるかもしれませんね。

この本で取り上げる『バガヴァッド・ギーター』には、４つのタイプの人がその教えに耳を傾けると記されています。

四種の善行者が私を信愛する。すなわち、悩める人、知識を求める人、利益を求める人、知識ある人である。(『バガヴァッド・ギーター』第7章16節)

皆さんの場合は、いかがでしょうか?

私たちはそれぞれの目的で『バガヴァッド・ギーター』を手にします。ただ、「欲しいものがある」「もっとお金が欲しい」といった自らのエゴを満たす目的で『バガヴァッド・ギーター』に接しても、その欲求がダイレクトに満たされるわけではありません。

そのため、「利益を求める人」が『バガヴァッド・ギーター』の教えを根気強く理解していくことは非常に稀です。利益をすぐにもたらしてくれるものへと、自分の興味・関心を次々と変えていくのが関の山です。

その一方で、「悩める人」、「知識を求める人」にとっては、『バガヴァッド・ギーター』

は自分自身を照らすまたとない光になることでしょう。

- 自分とはいったい何者だろう？
- この人生で自分は何をすべきなのだろう？
- なぜ、自分だけ理不尽なことが起こるのだろう？
- なぜ、同じことをくり返してしまうのだろう？
- どこか満たされないのは、なぜなのだろう？

……こうした、私たちの中にある疑問や問いかけ。

この世界には、今この瞬間もこうした問いを立てながら生きている人がたくさんいます。これらの問いかけに、答えや理解が得られないと生きるのが困難だと感じる人が数多くいるのです。

今は「しあわせ」を存分に満喫していても、いつこう

私はいったい何者なの？
なぜこんなことが起こったの？

生きていると、なかなか答えが見つからない問いがやってきます

した問いが人生でやってくるかは分かりません。思いがけない病気、会社のリストラ、最愛の人との突然の別れ……私たちを取り巻く環境や、この先何が起こるのか予測もつかないことを、私たちは情報や知識としては知っています。

『バガヴァッド・ギーター』で語られる主題は、「この世界の真実」といわれます。言葉を変えて表現するなら、**「私たちの心からの純粋な問いかけ」にはっきりとした答えを与えてくれる知識**といっていいと思います。

このことから、『バガヴァッド・ギーター』の知識は、私たちの生活で生まれるさまざまな悩みにも有益であるといえるのです。

- これから先、仕事がどうなるのか不安で……
- 今あるお金でこの先もやりくりできるかどうか……
- 人間関係に困っているけど、うまく解決できるかどうか……

こうした**生活に直結した「問いかけ」**。

私たちは「悩む理由」を前にして、「不安だ」「苦しい」「心配……」と心を暴れさせはじめます。そして、「不安である自分」「悩んでいる自分」というイメージをつくりあげていきます。これこそが、「ありのままの自分自身」だと感じて疑わなくなってしまいます。

ただ、『バガヴァッド・ギーター』は、そんな**私たちの「あたりまえ」に新たな視点を与えてくれます**。

学びを深めていくことで、自分のこころのあり方が変わっていきます。私たちを取

りまく世界とのコミュニケーションの取り方が変わっていきます。

その過程で、私たちを苦しめていたさまざまな「悩み」は姿を変えていきます。なぜなら、**「本当に自分が悩む理由があるのか？」という深い部分からの気づき**が生まれはじめるからです。

それは、私たちが平安で落ちついた幸せな日々を送れるようになるということです。私たちの誰しもが、この人生で望んでいる満たされた人生の訪れです。

『バガヴァッド・ギーター』は一人の戦士が苦悩に直面するシーンからはじまります。それも、国を二分するほどの大きな戦闘が舞台です。「死ぬか、生きるか」「殺すか、殺されるか」という、人間にこれ以上なくストレスや不安を与える状況です。

心と感情が激しくゆさぶられ、葛藤に心迷い、「一体どうしたらよいか分からない……」と絶望する一人の戦士。そんな究極のシーンで主人公に語られた「世界と自分の真実」が『バガヴァッド・ギーター』の全てです。

そこには、自己啓発に代表されるような、「人生を生きるためのテクニック」的なお手軽なノウハウは何一つ語られません。

●人間とはどういう存在か？
●世界とはどのようなあり方か？
●苦しさの根本原因は何か？

といった、主人公の悩みや苦しさを根本から断ち切る知識が次々と語られます。

あまりにも壮大な世界観が示されるため、『バガヴァッド・ギーター』は難しい」といわれることもあるようです。私もはじめて

手にした時は、わずか数ページで挫折をしました。今思うと、自分が「あたりまえ」だと感じていた世界とのギャップについていけなかったのでしょう。その後、先生の助けもあって少しずつ理解を進めていきましたが、今でも「難しい」を否定するつもりはありません。

ただ、「難しい本」は大まかな全体像を把握したうえで、少しずつ体当たりしてみないことには何もはじまりません。

そして、人生という「難しい舞台」で自分の役割を演じ切るためには、「難しさ」にチャレンジしておくことも大切でしょう。『バガヴァッド・ギーター』に取り組むことで、人としての本質的な強さもきっと得られるはずです。

この本は、

「はじめて「バガヴァッド・ギーター」を手に取る方が、全体像をざっくりと理解するには何が必要か？」

ということを自問自答しながら、入門ガイドとしてまとめたものです。

著者はインド思想の研究者でも、ヨーガ（ヨガ）の専門家でもありません。**31歳で会社を創業し、今も現役で中小企業を経営する、一人の経営者**です。仕事や人間関係、お金や人生の目的……**さまざまな悩み、疑問に直面しながら、『バガヴァッド・ギーター』を一つの拠り所にしてきた一人の実践者**です。

『バガヴァッド・ギーター』はインド哲学を学びたい人や、ヨガの実践者を中心に読まれているインド発祥の聖典です。とはいえ、特別な人だけが読む本ではありません。**ごく普通に日常生活を送っている人が、「自分を生ききる」「悩みで倒れない自分をつくる」ための実践の哲学**でもあるのです。

そんな『バガヴァッド・ギーター』をひもとく旅へとでかけましょう。

目次

第2章　挫折しない『バガヴァッド・ギーター』の読み方

第3章　『バガヴァッド・ギーター』の中心となる二つの教え

第4章　『バガヴァッド・ギーター』を読むための10のテーマ

第5章　『バガヴァッド・ギーター』のQ&A

第1章

はじめてでもよく分かる、インドの聖典『バガヴァッド・ギーター』

『バガヴァッド・ギーター』はインド哲学を代表する聖典

『バガヴァッド・ギーター』はインドが世界に誇る聖典です。およそ2000年以上前（日本では弥生時代！）にまとめられたといわれ、700あまりの短い詩文が、全18章で構成されています。

「偉大なる神の（バガヴァッド）詩（ギーター）」と翻訳されるこの教えは、**「この世界で知るべきすべてのことが書かれている」**とも形容され、インドは元より世界中で広く受容されてきました。日本においては、ヨガの実践者を中心に広く読まれています。

首相就任後、日本を訪れたインドのモディ首相が、天皇陛下に謁見された際、『バガヴァッド・ギーター』を献納されたと報道されました。首相は、「偉大な人物とお会いする際は、『バガヴァッド・ギーター』を献納させていただくという信念がある」と語ったといわれています。

たといわれています。

インドの公用語の一つであるサンスクリットでまとめられたこの教えは、古くからさまざまな言語に翻訳されてきました。そして、マハトマ・ガンジー（インド独立の父）、ヘルマン・ヘッセ（ドイツ文学者）、カール・グスタフ・ユング（心理学者）など多くの偉人がその教えに影響を受けてきたといわれています。

私は山上の垂訓にさえも見つけられない慰めを『バガヴァッド・ギーター』に見つけました。失望が私をじっと見つめてくるとき、一人きりで一筋の光明も見えな

インド首相としてリーダーシップを発揮するモディ首相も
『バガヴァッド・ギーター』の教えに影響を受けた一人といわれます

いとき、私は『バガヴァッド・ギーター』に帰ります。するとそこかしこに詩を見つけ、私はたちまち笑顔になります。それが圧倒されるような悲劇のただ中にあっても、私はたちまち笑顔になります。もしその悲劇が私に目に見える傷、消すことのできない傷を残していないとすれば、全ては『バガヴァッド・ギーター』のおかげなのです。

（マハトマ・ガンジー）

そんな多くの人を魅了してやまない『バガヴァッド・ギーター』の魅力を、この本ではできる限り平易にお伝えしていきたいと思います。

インド独立の父マハトマ・ガンジー
就寝前に『バガヴァッド・ギーター』を手にしたといわれています

インドで発祥した哲学は、聖典をつかって深められる

『バガヴァッド・ギーター』を読む準備として、「インド哲学とは何か？」についてふれておくことにしましょう。

まず、皆さんは「哲学」にどのようなイメージをお持ちですか？

- 難しいことをモンモンと考える
- この世界の真理を探究する
- 分厚い哲学書を時間をかけて読み込む

……それぞれのイメージがあると思います。インド哲学を学ぶ前の私は「頭のよい一部の人が、普通の人は考えもしないことをあれこれ考える」といったイメージを持っていました。ただ、インド哲学を学んでからそのイメージは一新、**真剣に生きる人であれば誰でも哲学をしている**のだと思うようになりました。

● なぜ、自分の人生にこうしたできごとが起きるの？
● なぜいつも同じような間違いを犯してしまうの？
● 転職するか、今の仕事を続けていくか？　はたしてどっちがいいの？

こうした自問自答をしたことがある人も少なくないと思います。**人生で直面した具体的な問題に対して、自分なりに「問い」をたてること。そしてその答えを得ようと考えること。それは、すでに立派な哲学**です。

インド哲学はその名が示す通り、インドを起源にした哲学です。長い時間をかけて多くの論考が聖者、知恵者によって考えられ、大切に受け継がれてきた哲学です。その主な特徴としては、

1. インドでは伝統的に宗教と哲学との境目がほとんどないことが多い
2. 『バガヴァッド・ギーター』などの聖典を使って哲学が深められていく

ことにあるといえるでしょう。ここではまず、これを押さえておいてくださいね。

『バガヴァッド・ギーター』は決して長い物語ではないけれど……

『バガヴァッド・ギーター』は、決して長い読み物ではありません。一通り読むだけでしたら、半日もあれば読み終えてしまうほどの分量です。

ただ、そこで語られている主題は決して簡単なものばかりではありません。

- 私たちが「あたりまえ」と思っていることと全く異なること
- 私たちの目には見えず、触れたり感じたりもできない世界のこと
- 私たちが生まれる前、また、亡くなった後の世界のこと

こうした、私たちの理解をはるかに超えた世界や概念が次々とでてきます。そのため、**『バガヴァッド・ギーター』を頭で読むことはできても、理解することはなかなか難しい**といわれます。

さらに、『バガヴァッド・ギーター』がまとめられた背景にあるインド思想を押さえておかないと、読み進めるのが大変な箇所があります。

たとえば、**「カルマ（行為）の法則」**という考え方があります。

簡単にいうと「いいことをすると喜びや快をもたらすような結果が、悪いことをすると苦し

「カルマの法則」は単純なものではありません

みや不快をもたらすような結果がやってくる」という思想です。日本では「因果応報」という考え方でも知られていますので、聞いたことがある方も多いでしょう。

ただ、インド哲学における「カルマの法則」はそんな単純なものではありません。この言葉をなんとなく知っているだけですと、「人生で悪いことが起きるのは、過去に行ったカルマのせいだ……」と勘違いし、自分を悩ませることにもなりかねません。日本には「生兵法は怪我の元」という言葉もあります。それでは、せっかくの知識が自分に刃を向けてくることにもなりかねません。

インド哲学で語られる「カルマ」にはさまざまな意味合いがあります。そうした言葉の意味や概念を正しく理解した上で『バガヴァッド・ギーター』に向かうことが大切です。

その他にも、生まれ変わりを意味する**「サムサーラ（輪廻）」**、インド哲学の重要なテーマである**「アートマン（意識・真我）」**、人間を行動へと駆り立てるもの**「カーマ（欲）」**など、

『バガヴァッド・ギーター』を理解するには、古来インドからの思想をしっかりと押さえておく必要があります。

本書では、こうしたインド思想の中から『バガヴァッド・ギーター』を読むために必要と思われるものをピックアップしていますので、安心してくださいね。

『バガヴァッド・ギーター』を自分のものとして理解するには、ある程度の時間や努力、教えを理解する知性や、成熟して落ちついた心が必要だとされています。

「分からなくても、学びを続けていれば来週には分かるかもしれない。もしくは、来月には分かるかもしれない」

まずはそれくらいの気持ちで向き合うとよいでしょう。**「分からなさ」に向き合い、それを熟成させていくことは、哲学を深めていく上ではとても大切なことだからです。**

『バガヴァッド・ギーター』は最初から読むと挫折しがち……？

『バガヴァッド・ギーター』を読んだけど、冒頭からからついていけなくて……

よくこういった話を耳にします。せっかく手に取ってみたのにはじめから挫折したとなると、せっかくの気持ちも保てなくなりますよね……。

ただこれ、ごく普通の現代人であれば仕方ないと思うんです。

昨今、私たちが手にする本の多くは「読みやすい本」にするためにさまざまな工夫がなされています。

1年間に新たに発売される本が7万冊（1日200冊弱！）といわれる中、本をつくる編集者は「手に取ってもらうために」「読まれるために」とあれこれと考えて本づくりをします。

そんな中、本の書きだしはとても大切です。「つかみはオッケー」という言葉もあるように、本の冒頭に「読者の興味をそそる内容」や「私たちの心を刺激する」といった仕掛けがされている本は少なくありません。

それに比べ**『バガヴァッド・ギーター』は、ストーリーを追っていかないとなかなか話が見えてきません**。冒頭からたくさんの登場人物がでてくるばかりで、話がどこに向かっていくのかがよく分かりません。「冒頭が読みやすい本」に慣れている現代の私たちには、ちょっと苦痛……。ためしに、はじまりを一緒に読んでみましょう。

ドリタラーシトラは言った。

「神聖なる地、クルクシェートラに、戦おうとして集まった、我らの一族とパーンダヴァの一族とは、何をなしたか。サンジャヤよ。（第1章1節）」

サンジャヤは語った。その時ドゥルヨーダナ王は、布陣したパーンダヴァ軍を見て、師（ドローナ）に近づき、次のように告げた。（第1章2節）

「師よ、このパーンドゥの息子たちの大軍を見なさい。あなたの聡明なる弟子、ドルパタの息子によって配陣された……。（第1章3節）

そこには、戦いにおいてビーマやアルジュナに匹敵する勇士や、偉大な射手たちがいる。ユユダーナ、ヴィラータ、偉大な戦士ドルパダ、（第1章4節）

いかがでしょう？『バガヴァッド・ギーター』は全部で700あまりの詩文で構成されていますから、ここまでで全体の0・5%を読んだというわけですね。皆さんならこれから先、興味を持って読み進められそうですか？

登場人物らしき人が次々でてくる様子を感じていただけたと思いますが、これだけ読んで「読み進められそう！」とはあまり思わないのではないでしょうか。

さらにこの後を読み進めると、10あまりの詩文の中で15人ほどの登場人物がでてきます。

ドリシタケートゥ、チェーキターナ、カーシ国王、プルジット・クンティボージャ、シビ国王、ユダーマニユ、ウッタマウジャス……

もう、何がなんだか分からなくなってきませんか（笑）。一人一人が私たちにはなじみの薄い人物ですので、名前を追うだけ大変……。

ただ、こういう書きだしになっているのには、実は理由があるのです。それを知ると、「最初から読むと挫折しがち」の背景が分かっていただけるはずです。

『バガヴァッド・ギーター』は世界三大叙事詩の一つ『マハーバーラタ』の一部

『マハーバーラタ』と呼ばれるインドを代表する壮大な叙事詩。この18巻よりなる物語のうち、6巻目に編入されているのが『バガヴァッド・ギーター』です。そのため、『バガヴァッド・ギーター』だけを読むと、冒頭にいきなり

『マハーバーラタ』全18巻

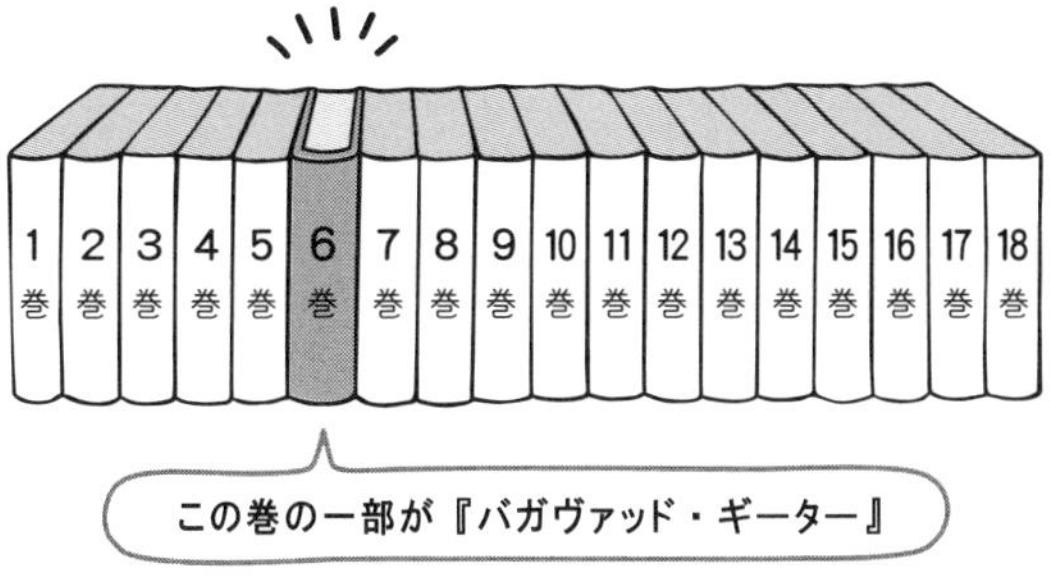

たくさんの登場人物がでてくる感じがしてしまうのです。

『マハーバーラタ』は、ギリシアの『イーリアス』『オデュッセイア』と並んで世界三大叙事詩の一つといわれています。歴史の教科書にも登場しますので、名前くらいは聞いたことがあるという方もいらっしゃるかもしれませんね。「マハー」は偉大なる、「バーラタ」はインドを意味する言葉です。

「およそ、人間が経験することで『マハーバーラタ』に描かれていない話はない」そう表現されるほどの物語、それが『マハーバーラタ』です。

物語では、神々や聖者、王様や戦士によってさまざまな物語が繰り広げられます。そして、その名の通り「マハーバーラタ戦争」が物語の中心となります。大戦争が起きるまでの話から、収束した後の話が克明にまとめられています。

『バガヴァッド・ギーター』が説かれたのはこの「マハーバーラタ戦争」の最中の話

です。つまり表現を変えていうなら**『バガヴァッド・ギーター』が描かれるまでの話から、『バガヴァッド・ギーター』が描かれた後の話が『マハーバーラタ』にまとめられている**といってもいいでしょう。

そのため、日本で発売されている『バガヴァッド・ギーター』には、巻頭に『マハーバーラタ』の要約が掲載されているものも少なくありません。確かに、『バガヴァッド・ギーター』を読むにあたって『マハーバーラタ』の内容を理解しておくことで、より理解は深まります。

ただ、はじめからそこに手をつけるのはなかなか大変な話です。

なぜなら、**『マハーバーラタ』全体で10万詩節にもわたる大作**だからです。登場人物の多さや、物語の複雑さから要約を読むだけでもなかなか骨が折れます。

私もはじめて、『マハーバーラタ』にチャレンジした時に、なかなか『バガヴァッド・

ギーター』にたどりつけなくて不安になりました。「本当にこの本で間違ってないのかな……」と不安になってくる、それほど長いのです。

『マハーバーラタ』は『バガヴァッド・ギーター』を一通り読んだあとに、チャレンジする。そんな感覚でいても、『バガヴァッド・ギーター』を読むのに困ることはないと思います。

インド哲学の先生の中には、**「『マハーバーラタ』が首飾りだとすると、『バガヴァッド・ギーター』は一番輝きを放つ宝石の部分」**と表現される方もいらっしゃいます。そこには、『バガヴァッド・ギーター』こそが『マハーバーラタ』のエッセンスであり、この物語の神髄という意味合いが含まれているのでしょう。

これまでのことを踏まえてこの本では

1．まず、『バガヴァッド・ギーター』の全体イメージをお伝えします。いわば、『バガヴァッド・ギーター』を読むための予習ガイドですね。
2．『バガヴァッド・ギーター』を理解するには、『マハーバーラタ』からの予備知識も最低限は必要です。それもコンパクトにまとめてお伝えします。

おそらく、**『バガヴァッド・ギーター』は物語の全体イメージをつかんでから読まないと、多くの現代人にはとっつきにくい物語**だと思います。ぜひ、皆さんなりの「『バガヴァッド・ギーター』の見取り図」を描いていってくださいね。

『バガヴァッド・ギーター』は予習してから読もう(1)
～まず舞台設定を知ろう～

ここから『バガヴァッド・ギーター』の全体イメージに入っていきましょう。

これまでにお伝えした通り、『バガヴァッド・ギーター』の冒頭はたくさんの登場人物がでてきてちょっと複雑です。ここで悪戦苦闘してしまうと、モチベーションがどんどんさがってしまいます。まずここは思い切って飛ばして、「『バガヴァッド・ギーター』の見取り図」を頭に描くことにフォーカスしましょう。

まず押さえていただきたいのは、この4点です。

1. 『バガヴァッド・ギーター』の舞台設定
2. 『バガヴァッド・ギーター』の登場人物
3. 『バガヴァッド・ギーター』までの経緯
4. 『バガヴァッド・ギーター』が語られた理由

ここを大まかに俯瞰することで物語の道筋が見えてきます。この全体イメージさえつかんでしまえば、『バガヴァッド・ギーター』のストーリーはとてもシンプルです。

そして、読書をするためのモチベーションや読み進めるエネルギーになる大切な、「自分にも読めそうだ」という感覚がやってくるかもしれません。

【ポイント1】　時代は紀元前3000年頃のインド

『バガヴァッド・ギーター』で描かれている物語は、紀元前3000年前のインド北東部が舞台です。現在の首都・ニューデリーの北東にあるクルクシェートラと呼ばれるあたりといわれています。

【ポイント2】　舞台は「マハーバーラタ戦争」

この場所でインド大陸を二分するような戦争が起こりました。「マハーバーラタ戦争」といわれる戦いで、18日間戦われました。この戦争の初日に、『バガヴァッド・ギーター』は説かれました。

【ポイント3】　戦争がはじまるその時に語られた世界と人間の真実

「マハーバーラタ戦争」が今まさにはじまるその時、両軍が集結した中、戦いのはじまりを意味するほら貝が吹き鳴らされました。そのわずか後、戦場で繰り広げられた対話が『バガヴァッド・ギーター』の全てです。

『バガヴァッド・ギーター』は予習してから読もう(2)　～登場人物を知ろう～

『バガヴァッド・ギーター』は戦争が舞台です。そのため、戦場に集ったさまざまな王や戦士が登場します。たとえば、こんなようすです……

ドリシタケートゥ、チェーキターナ、強力なカーシ国王、プルジット・クンティボージャ、雄牛のような勇者シビ国王、（第1章5節）

勇猛なユダーマニユ、強力なウッタマウジャス、スバドラーの息子、ドラウパディーの息子たち。すべて偉大な戦士である。（第1章6節）

アナウンサーがチャレンジする早口言葉のテストみたいですね。「すべて偉大な戦士」と表現されているように、一人一人がこの時代を代表する勇者ばかりです。

ただ、「『バガヴァッド・ギーター』の見取り図」を知ることが目的だとしたら一人一人がどのような人物かをはじめから理解する必要はないでしょう。むしろ、細かな登場人物をしっかり理解しようとすると、『バガヴァッド・ギーター』の大切な主題になかなかたどりつかず、挫折してしまうことにもなりかねません。

『バガヴァッド・ギーター』の中心となるのは戦士・アルジュナと、アルジュナに教えを授ける神・クリシュナです。この両者（一人＆一神）による対話が『バガヴァッド・ギーター』です。まずは、この両者の名前をしっかり覚えておきましょう。

『バガヴァッド・ギーター』は**「偉大なる神の詩」**と翻訳されることは前にお伝えしましたが、そこには**クリシュナという偉大な神が戦士・アルジュナに語った言葉**という意味合いがあるのです。

【ポイント1】 主人公は戦士・アルジュナ

「マハーバーラタ戦争」に参加した戦士・アルジュナが『バガヴァッド・ギーター』の主人公です。勇敢で、武芸に秀でて、当時を代表する戦士です。パーンダヴァと呼ばれる5兄弟の3番目。兄も、弟も戦争に参加しています。

一族の運命を背負って
戦争に臨んだ戦士・アルジュナ

【ポイント2】　戦士・アルジュナと対話を行う神・クリシュナ

戦士・アルジュナはとある理由から、戦場で戦意を喪失しそうになります。そんなアルジュナに対して、丁寧に対話を続けて、知識を授ける神、それがクリシュナです。

戦意を喪失した戦士・アルジュナに
教えを説いた神・クリシュナ

【ポイント3】　王様に戦争の模様を報告する従者

『バガヴァッド・ギーター』は**「マハーバーラタ戦争の模様を、従者が王様に報告するシーン」という物語の設定**になっています。

千里眼を持つという従者・サンジャヤが盲目の王様・ドリタラーシトラ王に報告するという形になっています。『バガヴァッド・ギーター』の冒頭と、終わりのシーンなどで両者が登場するシーンがあります。この時だけは、ちょっとだけ注意してくださいね。

以上がまずは押さえておきたい登場人物です。意外に少ないでしょう……！　逆にいえば、**これだけの登場人物さえ押さえておけば、『バガヴァッド・ギーター』は読み進められる**のです。

『バガヴァッド・ギーター』は予習してから読もう⑶
～『バガヴァッド・ギーター』が語られるまでの経緯を知ろう～

『バガヴァッド・ギーター』が語られるまでには、さまざまな物語や人間模様があります。これらを知ることで、この物語の背景が見えてきます。以下、『マハーバーラタ』

の中から、押さえておきたい情報をピックアップします。

【ポイント1】　『バガヴァッド・ギーター』は同じ部族の戦いをめぐる物語

インドが「バーラタ」といわれていた時代、「クル」と呼ばれる王朝が国を統治していました。その子孫である兄弟（ドリタラーシトラ、パンドゥ）を祖とする二つの部族の戦いが起こります。一方がカウラヴァ軍、もう一方がパーンダヴァ軍です。これが、『バガヴァッド・ギーター』の舞台となっている「マハーバーラタ戦争」です。

【ポイント2】　次第に戦いへと誘われる両軍

なぜ、祖先を一緒にする同族が戦場で争うことになってしまったのでしょう？　その理由の一つが、嫉妬や羨望にさいなまれ、まるで欲に支配されたかのような登場人物の出現です。ライバルに敵意をむきだしにし、相手を貶める目的のためには手段をいとわない人物です。こうした人物によって、インドを二分する戦争へと両軍が駆り立てられていきました。

【ポイント3】　それぞれの動機で戦いに臨む登場人物

戦争に向かっていく過程でさまざまな人物模様が描かれます。「主人に忠誠を誓って戦う人」「自軍のやり方に疑問は持ちながらも、主人への恩義のために戦う人」「どちらに加勢した方がメリットがあるかを考えて戦う人」……それぞれの動機から、戦いに挑むことになります。

【ポイント4】　不運にも敵と味方に分かれてしまった人々たち

戦争が現実味を帯びるにしたがって、敵と味方とが徐々に分かれはじめていきます。元々は同じ部族の両軍ですから、そこにはさまざまな人間関係が絡み合っています。先生と生徒、伯父と甥、異母兄弟……日本の戦国時代さながらに、こうした近い関係が敵と味方とに分断されていきます。そうした中で、戦争ははじまるのです。

『バガヴァッド・ギーター』は予習してから読もう⑷
～『バガヴァッド・ギーター』が語られた理由を知ろう～

『バガヴァッド・ギーター』の主要な登場人物は戦士・アルジュナ。彼は、弓を巧みに扱う勇敢な戦士でした。兄や弟とともに、パーンダヴァ軍のリーダーとして「マハーバーラタ戦争」に参戦します。

彼は戦士（クシャトリア）です。

クシャトリアの役割は、この地上に法と正義（ダルマ）に基づいた国づくりをすること。実はこの戦争に到るまで、パーンダヴァ軍は長きにわたって敵・カウラヴァ軍の横暴に耐える時代が続きました。この戦争は、自軍の名誉のためにも、また、失った土地を取り戻す（※相手軍の策略のため、統治する土地を失っていた）ためにも、戦わなくてはならない戦いだったのです。

戦いがはじまるその時、戦士・アルジュナは戦場で名乗りをあげます。当時は、ほら貝を吹くことで自軍を鼓舞させる習わしだったそうです。アルジュナも自らのほら貝を高らかに吹き鳴らします。この戦争は、彼にとって戦士としての役割を果たす最高の大舞台です。

そして、「相手側の戦士をじっくりと見たい……」と乗っていた馬車を相手軍が見える場所に向けるよう指示します。長年にわたり苦渋を飲まされた相手、その姿を戦の前に確認しようというつもりだったのでしょう。

この箇所を『バガヴァッド・ギーター』ではこのように表現しています。

私がこの戦おうとして布陣した人々を見て、この合戦の企てにおいて、誰と戦うべきかを見るまで。（第1章22節）

私は彼らが戦おうとしているのを見る。戦争において、愚かなドリタラーシトラの息子（※敵軍の王）を喜ばせようと、ここに集まった人々が。（第1章23節）

ここまでは、やる気満々です。

ただ次に、アルジュナが目にしたのは、敵軍の中にいる尊敬してやまない先生や、敬愛する親せきの姿でした。戦う気満々だったアルジュナはこれで一転、苦悩にさいなまれます。

「クリシュナよ、戦おうとして立ちならぶこれらの親族を見て、（第1章28節）

私の四肢は沈み込み、口は干涸《ひから》び、私の身体は震え、総毛立つ。（第1章29節）

ガンディーヴァ弓（※アルジュナの武器）は手から落ち、皮膚は焼かれるようだ。私は立っていることができない。私の心はさまようかのようだ。（第1章30節）

戦士であるアルジュナが万が一にもその義務を果たさなければ、非常に不名誉なこととされ、罪悪を得るともされていました。ただ、目の前に陣取っている敵軍には、敬愛している先生や親せきの姿がありました。これから、両軍の威信をかけて戦わなければなりません。

頭では「戦わなくてはならない！」「戦士として役割を果たさないとならない！」と分かっていても、感情や心が「戦いたくない！」と悲鳴を上げる。そんな究極の葛藤に陥ったアルジュナの悲痛な嘆き。その後、彼は戦場でうずくまってしまいます。

そんなアルジュナに対してクリシュナの教えがはじまります。

『バガヴァッド・ギーター』で語られるテーマは、時代を超えて普遍的なものだといわれます。

- 転職したいけど、リスクを負うのが怖い……
- 自分の正義をつらぬくと、他の誰かが傷ついてしまう……
- 二つの選択肢を前に、どちらも選べないでいる……

こうした葛藤を前にして、私たちは人生の苦しみに投げ込まれます。『バガヴァッド・ギーター』でアルジュナに示されたのは、**「生きるか、死ぬか」「殺すか、殺されるか」「役割を果たすか、果たさないか」、そんな究極の葛藤を乗り越えるための究極の知識。クリシュナとアルジュナの対話を通して、私たち人間の葛藤や悩みに新たな視点が生まれてくるのです。**

第２章

挫折しない『バガヴァッド・ギーター』の読み方

アルジュナの嘆き

『バガヴァッド・ギーター』は究極の状況に陥った戦士・アルジュナに対して、神・クリシュナが語った教えです。1章では、そんな「見取り図」をお伝えしてきました。いよいよこの章では、具体的な内容に入っていきましょう。

その前に、皆さんご自身のことをちょっと想像してみてください。たとえば、皆さんの近くに窮地に陥った友達がいるとします。

「突然、大きな病気を宣告された」「最愛の人が急に亡くなった」「想定外の自然災害に巻き込まれた……」と苦しみ、嘆く友達です。そして、「どうしていいか分からない」「神も仏もあったものか……」と自暴自棄になって、悲しみにくれています。

皆さんならそうした仲間に、どのような言葉を投げかけますか？

「友達のつらい思いを共感しようとする」「どのような言葉もしらじらしく感じて困惑する」「言葉ではなく、ただ寄り添うのが一番……」これ、なかなか難しい質問ですよね。

『バガヴァッド・ギーター』は、これと全く同じような場面からはじまります。大切な人と敵味方になって戦わなくてはならない戦士・アルジュナの悲しみが次々と述べられます。実際の詩節を見てみましょう。

「クリシュナよ、戦おうとして立ちならぶこれらの親族をみて、（第1章28節）

私の四肢は沈みこみ、口は干涸《ひから》び、私の身体は震え、総毛立つ。（第1章29節）

ガンディーヴァ弓（※アルジュナの武器）は手から落ち、皮膚は焼かれるようだ。私は立っていることができない。私の心はさまようかのようだ。（第1章30節）

私はまた不吉な兆《きざし》を見る。そしてクリシュナよ、戦いにおいて親族を殺せば、よい結果にはなるまい。（第1章31節）

クリシュナよ、私は勝利を望まない。王国や幸福をも望まない。ゴーヴィンダ（※クリシュナのこと）よ、私にとって王国が何になる。享楽や生命が何になる。（第1章32節）

このように、アルジュナの嘆きが一方的に語られます。一方のクリシュナは、そんなアルジュナに対して何も語りません。ただただ、黙って聞いているだけです。**『バガヴァッド・ギーター』1章の副題は「ヴィシャーダ・ヨーガ」（嘆きのヨガ）といわれます。**

次の章（2章）から、クリシュナを前に嘆くアルジュナの姿を描いてお開きとなります。クリシュナがアルジュナに語りはじめます。ただ、クリシュナの沈黙はもうしばらく続きます。

「私は戦わない」といって沈黙するアルジュナ

2章になっても、アルジュナの嘆きは続きます。ちょっと長いですが、「嘆くアルジュナ」の心模様を知るために大切な部分ですので、引用してみましょう。

「クリシュナよ、戦いにおいて、尊敬に値するビーシュマとドローナ（※いずれもアルジュナと深い親交があった敵軍の将）に対し、どうして矢で立ち向かえよう。（第2章4節）

まことに、威厳に満ちた師匠《グル》たちを殺さないで、この世で施しものを食べる（※世俗から離れ、出家をするということ）方がよい。有益なことを望む師匠を殺せば、まさにこの世で、血にまみれた享楽を味わうことになろう。（第2章5節）

そして、どちらがよいのかわからない。我々が勝つべきか、彼らが我々に勝つべきか……。彼らを殺したら、我らは生きたいとは思わぬ。そのドリタラーシトラの息子（※敵軍の王）たちは、面前に立っている。（第2章6節）

悲哀のために本性をそこなわれ、義務《ダルマ》に関して心迷い、私はあなたに問う。どちらがよいか、私にきっぱりと告げてくれ。私はあなたの弟子である。あなたに寄る辺を求める私を教え導いてくれ。（第2章7節）

というのは、感官を涸らす私の悲しみを取り除けるものを知らないからだ。地上において並びない、繁栄する王国を得ても、神々の主権を得たとしても……（第2章8節）

こうしてアルジュナは、「私は戦わない」といって沈黙したと描かれています。

インドを二分するような大戦争、それぞれの軍が威信と存亡をかけた戦いです。そんな中で、一家の軍を代表する戦士であるアルジュナが、戦意を喪失してしまったということです。

そしてアルジュナが嘆いている間、まだクリシュナは口を挟みません。ただ黙ってアルジュナの言葉を聞いています。この一連の物語には、どういう意味が含まれているのでしょう？

ここを読み解くことから、実際の『バガヴァッド・ギーター』の内容に入っていきましょう。

誰でもがアルジュナになりうる

ここで押さえておきたいことは、二つあります。**まず一つは、「私たちの誰もがアルジュナになりうる」ということです。**

どういうことか考えてみましょう。

私たちは仕事や家庭、人間関係の中でさまざまな役割を果たしています。

たとえば私の場合ですと、「社長」という役割があります。社員十人ほどの小さな会社ですが、社員やお取引先から見たら私は「社長」です。そこでは、「やるべきこと」がたくさんあります。給料やお取引先への支払いを滞りなく行うこと、新しい商品やサービスを企画すること、トラブルやクレームに真摯に対応すること、必要に応じて人材を採用すること……数多くの「やるべきこと」があります。

「講師」という役割もあります。勉強会を通して、インド哲学や日本の神話をお伝えしていますが、そこに参加する方から見たら私は「講師」になります。そこでも、「自分の学んだことを、だし惜しみせず伝える」、「たとえ話や体験談などを使いながら、分かりやすく伝える」など、たくさんの「やるべきこと」があります。

この本を手に取っていただいた皆さんから見たら、「著者」という役割になります。『バガヴァット・ギーター』を少しでも分かりやすく伝えるには？」を自問自答しながら、「やるべきこと」として執筆に向き合っているところです。

父や母から見れば「子供」ですし、妻から見たら「夫」ですね。学生時代の友達から見れば「古くからの仲間」ですし、所属していた運動部の先輩から見たら「後輩」です。飼っている猫にとっては「飼い主」です。

私たちそれぞれが、さまざまな役割を持っています。そして、その役割の中で「やるべきこと」があるというのがインド哲学の教えとなります。ちょうど、アルジュナが

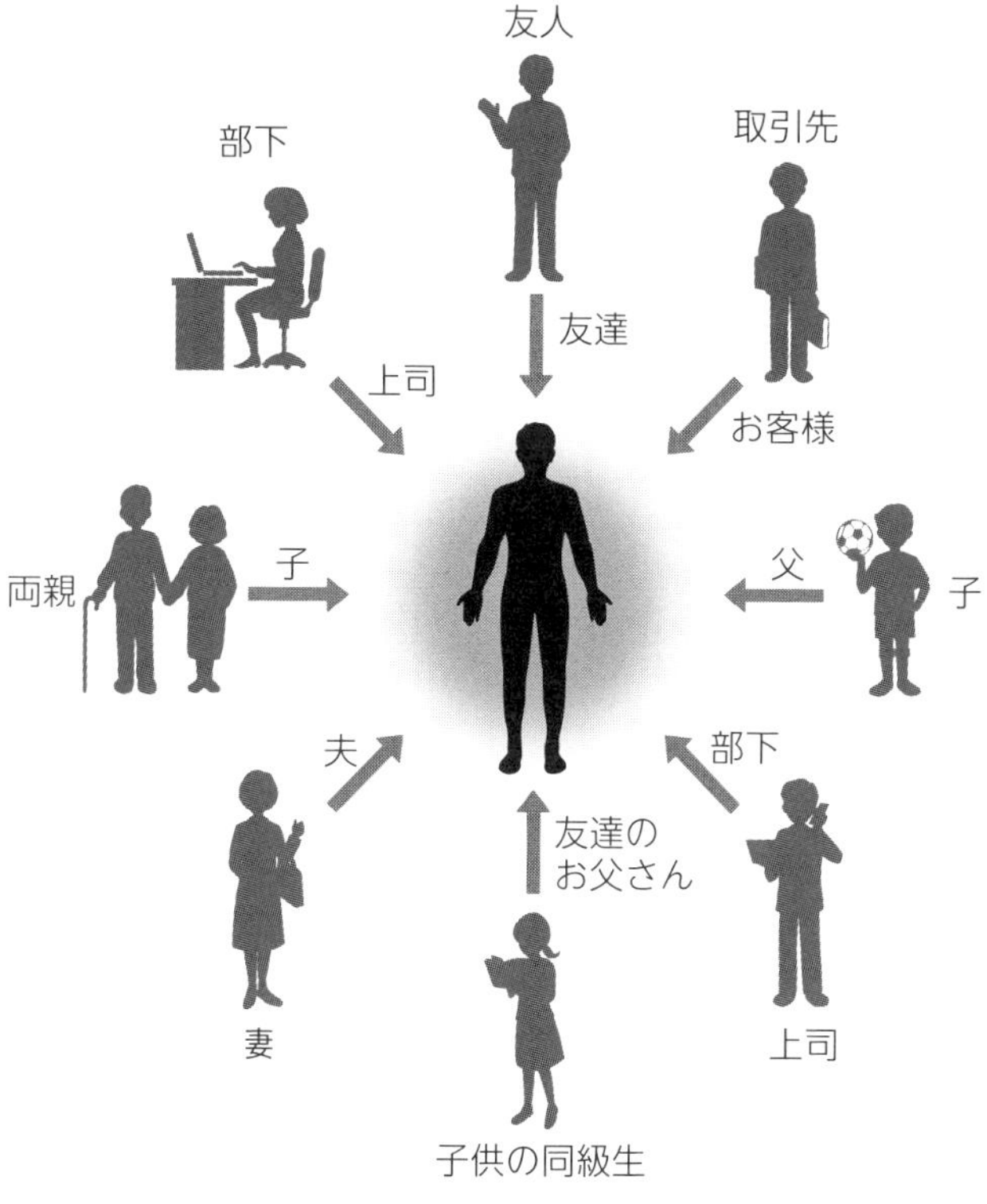

私たちにはさまざまな役割が与えられています

「戦士」としての役割を持っているのと一緒ですね。

これは、「ダルマ（義務・法・調和）」といわれる概念です。この言葉は、『バガヴァッド・ギーター』を読むうえでとても大切な考えですので、ぜひ覚えておいてくださいね。のちほど、詳しくお伝えすることになります。

「やるべきこと」で迷うのが、私たち人間

私たちの「やるべきこと」は、人によって違います。それは、一人一人の顔や性格が違うようなものです。ただ私たちは、この「やるべきこと」に迷います。

- **「やるべきこと」は分かるが、感情がついていかない**
- **「他人のやるべきこと」と「自分のやるべきこと」と混同してしまう**

●「やるべきこと」の優先順位に迷ってしまい、どうしたらよいか分からない

とう具合です。そこから、自分自身に混乱し、悩みがはじまります。

たとえば、「今より高い給料をもらって、家族の生活をラクにしたい」と考えて転職しようとする人がいるとします。これこそが自分の「やるべきこと」だと信じて、行動に移そうとします。

けど、誰もが皆「やるべきこと」だけをまっすぐに見据えて進めるわけではありません。なぜなら、**人間は感情を持つ生き物**だからです。その感情が私たちの中でさまざまにはたらくからです。

たとえば、転職にあたって

●新しい職場でどんな人たちと出会えるか楽しみだ！
●今までの会社でできなかった仕事ができるチャンスだ！

●好待遇が期待できるので、会社を変わるのが楽しみでしょうがない！

こうした前向きな感情が起きるのであれば、迷いなく転職活動に進むことができるでしょう。「やるべきこと」（転職活動）を「ポジティブな感情」が力強く後押ししてくれることでしょう。そんな時、心の中に葛藤は生まれません。

ただ、ネガティブな感情が湧いてきたらどうでしょう？「やるべきこと」を思いとどまらせるような不安や恐れといった心の動きです。たとえば、こんな感じです。

●今よりも給料は上がるけど、はたらきづらい職場でないか不安だ……
●新しく覚えることがたくさんあるだろうが、こなしていけるだろうか……
●転職したい会社に応募しても、採用されるかどうか自信がない……

こういった「感情」は、「理性」の力で抑えようとするほど、大きなものになっていき

がちです。そして、「感情」と「理性」とが心の中で対立をはじめます。こうした状態を、私たちは「葛藤」と呼んだり、「悩んでいる」「混乱している」「苦しい」と表現したりします。

一方は「やるべきこと」が、もう一方は「感情」が、お互いに相手を打ち負かそうと綱を引きあっているような状態です。

心の中で綱引きがはじまる

心の中で「やるべきこと」と「感情」とが綱引きをしていても、どちらかがもう一方を負かしてしまうこともあります。

仮に、「やるべきこと」が「感情」を負かしてしまえば、転職活動へと果敢にチャレンジしていくでしょうし、多少の不安はありつつも、「これがやるべきことだ」と気持ちが決まります。

反対に、「感情」が「やるべきこと」を負かしてしまえば、今の会社に残る判断をすることになります。「今はそのタイミングでなかった」などと自分の感情をなだめながら、「転職しない」という選択肢をとるかもしれません。

ただ、ここで問題なのは**「心の中の綱引きは、なかなか勝負がつかないことがある」**ということです。

運動会の競技として行う綱引きでしたら、いつかは結果がでます。通常は数分、長くても数十分でたいがい勝ち負けは決まります。

ただ、**「心の中での綱引き」はいつ結論がでるか分かりません。**

時には、「膠着《こうちゃく》してまったく動きが取れない」という状況にもなりかねません。「進むに進めず、戻るに戻れず」といった感じですね。

こうした状態は、私たちの心にたくさんのストレスやプレッシャーを与えます。そこから、私たちの苦しみがはじまります。56ページで引用したアルジュナの嘆き

「どちらがよいのかわからない」（第2章6節）

「悲哀のために本性をそこなわれ、義務《ダルマ》に関して心迷い」（第2章7節）

は、そんな心持ちを表現しているといえるでしょう。

そしてこうした状況は、戦場のアルジュナだけでなく、私たちの日常にもたびたびと起こるのです。

『バガヴァッド・ギーター』の舞台が〝戦場〟である意味合い

私たちが日常で体験する「心の中での綱引き」。そこには、さまざまなパターンがあります。いくつかの例を見ていきましょう。

●「二つの選択肢」が綱引きをはじめる

皆さんが転職をし、内定をもらった会社が2社あるとします。一方は「給料は高いけど、なかなか休日がとれない仕事」、もう一方は「給料はそこそこだけど、プライベートは自由になりそうな仕事」……皆さんならどちらを選択しますか？

心の中で対立がはじまると悩みが生まれはじめます

どちらにもメリットがあり、どちらにもデメリットがありますよね。どちらに進んでもよいような気もする。こうした**「二つの選択肢」は私たちをはげしく悩ませます。**

●「本音」と「建前」が綱引きをはじめる

「本音をだして友達と付き合いたい」という人がいるとします。「友達にいいたいことがたくさんある」「自分だってきちんと主張をしたい……」と考えています。

ただ一方で、「本音をだすと仲が悪くなってしまうんじゃないか……」という恐れもあります。それが原因で友達と連絡を取らなくなることだけは絶対に避けたい。そこで、自分の本音は隠して、友達と付き合い続けています。

ただ、これを永遠に続けていくことは難しいです。なぜなら、**本来の自分（本音）と、他人に見せている自分（建前）が気づかないうちに綱引きをしているからです。**

●「理性」と「欲求」が綱引きをはじめる

仮に、健康診断にひっかかったので、食事制限をしないといけなくなったとします。腹八分目の食事に、食後のデザートはフルーツのみと主治医から制限されています。

頭では「食事をコントロールしないと、身体によくない」と分かっています。ただ、食後にアイスクリームやケーキを食べたくてしょうがありません。我慢すれば我慢するほど、甘いもののことばかりで頭がいっぱいになります。

「一口だけ……」と思ってケーキを口にしたら最

後、一個をまるごと完食するまでとまりません。つい、口にしてしまった自分への後悔や自己嫌悪といった感情で落ち込むこともしばしばです。「たかがデザート……」とあなどることはできません。**これも「理性」と「欲求」の立派な心の綱引きです。**私たちを悩ませ、確実にエネルギーを消耗させています。

『バガヴァッド・ギーター』が説かれたのは戦場でのワンシーンです。人と人とが命をかけて争うシーンが聖典の舞台になっていることに、とまどいを覚える方もいらっしゃるかもしれませんね。ただ、そこには

「私たちの心の中で常に戦争が起きている」

という意味が含まれているといわれています。戦場で戦っている二つの軍は、「本音」VS「建前」、「理性」VS「欲求」などの、**私たちを悩ませる「二つの対立」のメタファーだ**ともいわれます。

アルジュナが直面した悩みは、現代を生きる私たちにとっても無縁ではありません。むしろ、たくさんの情報や欲求を刺激するものが満ちている現代の方が、「心の中での戦争」が起きやすい状況にあるともいえるでしょう。

「心の中の戦争」を乗り越えるための知識、それこそが『バガヴァッド・ギーター』で説かれている内容なのです。

沈黙を通すクリシュナ

『バガヴァッド・ギーター』の冒頭で二つ目のポイントは、**「沈黙を通すクリシュナ」**です。

『バガヴァッド・ギーター』は戦場で苦しむ戦士・アルジュナに対してクリシュナが

この世界の真実を語りはじめます。ただ、**その言葉がすぐにアルジュナに語られたわけではありません。**

「苦しい時の神頼み」という言葉があるように、私たちは神様や仏様にお願いをすることがありますよね。人間を超越する大きな存在に、病気の回復を願ったり、自然の恵みがもたらされるように祈願することは、古来から続いてきた人間の大切な営みの一つです。

私たちが祈りをささげる時、「神様は私たちの想いを聞いていてくれるだろう」とい

戦場でのクリシュナ（左）とアルジュナ（右）

う前提に立っています。そこには、「神様は、自分の思いをかなえてくれるだろう」だとか「私にヒントとなるお言葉やメッセージをくれるはずだ」という期待がどこかにあるはずです。

究極の状況に追い込まれたアルジュナも、きっとそんな想いがあったことでしょう。クリシュナに対し、つぎつぎと心の内を語る様子は、すでに55ページで見てきた通りです。

ただ、こうした**アルジュナの叫びにも似た言葉に対して、クリシュナは沈黙を続けるのです。**先に引用したアルジュナの言葉をもう一度みてみましょう。

「クリシュナよ、戦いにおいて、尊敬に値するビーシュマとドローナ（※いずれもアルジュナと深い親交があった敵軍の将）**に対し、どうして矢で立ち向かえよう。（第2章4節）**

「どうしてこんなことが、自分に……？」と思うようなこと、生きているとありますよね。「なぜ、自分にこんな運命が？」「なぜ、こんな不条理が？」といき場のない思いをどこかにぶつけたくなるような瞬間です。

●大きな自然災害に巻き込まれてしまった
●仕事で大きなトラブルに直面し、責任をとらなければならなくなった
●想像もしていなかった病気になってしまい、手術をしなければならなくなった

そんな「まさか」を前にして、「自分に立ち向かえるのか……」と私たちは自信を喪失してしまうことがあります。「なぜ自分にだけ……」と運命を呪い、絶望的な気持ちに陥ってしまうこともあります。

「どうして立ち向かえよう」というアルジュナの言葉は、**「運命のいたずら」**や**「この世界の不条理」に対する「心からの嘆き」**といえるかもしれません。そして、そんな「嘆

き」に対する共感や同情を、クリシュナから求めたかったのかもしれません。

ただ、そんなアルジュナに対して、クリシュナからの応答はまったくありません。

答えは、そう簡単にやってこない

黙して語らないクリシュナに対して、さらにアルジュナは続けます。

> そして、どちらがよいのかわからない。我々が勝つべきか、彼らが我々に勝つべきか……。彼らを殺したら、我らは生きたいとは思わぬ。そのドリタラーシトラの息子（※敵軍の王）たちは、面前に立っている。（第2章6節）

64ページでも見たように、私たちは対立する二つのものを前にして葛藤がはじまります。それが、私たちの中の苦しさとなり、私たちを痛めつけるのです。

このシーンでのアルジュナは、

●戦士として戦わねばならない（やるべきこと）

VS

●大切な恩師や親族と戦うのは避けたい（感情）

という葛藤の中で悶え、苦しんでいます。

この時代の戦士（クシャトリア）は、自分の義務を果たさないことは不徳を積み重ねるとされました。また、周囲から不名誉よばわりされることを覚悟しなくてはなりませんでした。もちろん、自分が戦わないことで、一族が今後、さらなる苦しみを負うことも予想されます。そう考えると、アルジュナには戦うという選択肢以外にはありえません。

ただ、自分に武術の手ほどきをしてくれた恩師や、一族の中でも人格者として名高い叔父が相手側の軍にいます。戦争をするということは、こうした大切な人たちと戦い、場合によっては殺さなくてはならない可能性があるということです。

そこから**「戦わなくてはならないが、戦いたくない」という葛藤が生まれます**。そして、この感情が、アルジュナの中で最高潮に高まりました。「どうしたらよいか分からない」というアルジュナの言葉には、そんな思いが込められています。

ただこの時もまた、クリシュナからの応答はありません。何も答えないクリシュナを前に、きっとアルジュナの困惑は深まる一方だったことでしょう。

にっこりと微笑むクリシュナ

次の詩節をみていきましょう。自分の悩みを前に、黙して語らないクリシュナに向けられたアルジュナの心からの叫びです。

悲哀のために本性をそこなわれ、義務《ダルマ》に関して心迷い、私はあなたに問う。どちらがよいか、私にきっぱりと告げてくれ。私はあなたの弟子である。あなたに寄る辺を求める私を教え導いてくれ。（第2章7節）

どちらに進んだらいいか分からない状況は、私たちの心にも落ち着きのなさをもたらしますよね。それが、プレッシャーやストレスという形に姿を変え、自分自身に牙をむいてきます。

そんな時、「こんな状況から一刻も早く抜けだしたい……」と思うのは人間の性です。

自分に喜びを与えてくれるものを追いかけ、反対に、苦しみや痛みをもたらすものを避けるのがすべての動物（もちろん、人間を含みます）の行動原理だからです。

だからこそ、「明確な答え」や「確実な指針」を求めたがります。神社でおみくじを引く行為などはまさにそうしたことですよね。「こうしたらいいんだ！」と自分のやるべきことがクリアになれば、現在の痛みから解放されるように思えるのが人間です。

この詩節でのアルジュナは、「悲哀のために本性をそこなわれ」と自分自身の弱さをさらけだし、「義務（すべきこと）に対して心迷い、私はあなたに問う」とクリシュナに具体的にお願いをします。それも最後に、「どちらがよいか、私にきっぱりと告げてくれ」とダメ押しをするほどの熱の入れようです。

ただ、この問いかけに対してもクリシュナは沈黙を続けるのです。

皆さんがアルジュナの立場だったらどうしますか？

無言を続ける神様を前に、人によっては「神様が当てにならないのなら自分でなんとか打開しよう」と思う人がいるかもしれません。

また、人によっては「神も仏もあったものか」と自暴自棄になったり、神様や仏様に逆切れをして批判してしまうようなこともあるかもしれません。

アルジュナは、「私は戦わない」といって戦場で沈黙した、と記されています。

サンジャヤ（※p41参照）は語った。
勇士アルジュナはクリシュナにこのように告げ、「私は戦わない」と言ってから沈黙した。（第2章9節）

まさに、打つ手なしという状況ですね。もう、「煮ても焼いても何もでてこない、お手上げ状態」といった感じです。ただ、そんなアルジュナを前に

クリシュナは微笑して、両軍の間で沈み込む彼に答えた。（第2章10節）

と、その教えを語りはじめるのです。

沈黙を通してきたクリシュナが微笑した。そして、『バガヴァッド・ギーター』を語りはじめた。そこには、どのような意味が込められているのでしょう？

困惑したアルジュナを前に、微笑したクリシュナが、
教えを語りはじめます

悩むと、「自分」を集めたがる

沈黙を続けていたクリシュナ。それが一転、にっこり微笑んで語りだしたのにはきっと理由があります。『バガヴァッド・ギーター』を読みはじめるにあたってとても大切な部分です。

「私たちが悩んでいるとき、頭と心には何が起きているか？」ということを考えて見ましょう。

たとえば仕事で大きなミスをしたとします。皆さんの心の中にはどのような感情が渦巻いているでしょうか？　ちょっと皆さんなりに想像してみてください。

●このミスをきちんと対処できるだろうか？　……という【不安】
●あの時、部下にちゃんと指示をだしていれば　……という【後悔】
●なぜ、自分にばかりこんなことが起きるのだ　……という【悲哀】

●自分にばかり一方的に責任を負わせるな
……という【怒り】
●これから一体どうしたらいいのか分からない
……という【困惑】

きっと、さまざまな感情が入り混じっていることを見てとることができるでしょう。そして、このような状態になると、私たちの頭と心はたくさんのものでいっぱいになります。それは、

●自分の感情
●自分の悩み
●自分の状況
●自分の未来

……こうした、**たくさんの「自分の（が）」**です。「エゴ」や「自我意識」といってもいいかもしれませんね。

悩んでいるときに、「エゴ」や「自我意識」がでてくることを、私たちはおかしなことだと考えません。なぜなら、私たちの心に苦しみや悲しみが、今この瞬間にも襲ってきているからです。その苦しみのリアリティさは、**「自分こそが苦しみの当事者だ！」**と、疑いもせず思い込んでしまいがちです。

そして「こんな苦しさから逃げだしたい！」と、さまざまに策を練ります。

●自分の知識
●自分の経験
●自分の判断

……こういったたくさんの**「自分の（が）」を集めて対処しよう**とします。そうすることで、さらにたくさんの「自分の（が）」で満たされていきます。ただ、それらがいつも苦しさを救ってくれるわけではありません。むしろ、苦しさを深めていく原因にもなっていきます。

自分への執着で満たされると、心の中にスペースがなくなる

インド哲学ではこうした心のはたらきを「アハンカーラ（エゴ、自我意識）」と呼びます。私たちの心が持っているはたらきの一つです。

この**「アハンカーラ」のはたらきが強まると、心の中が「自分の（が）……」で満たされはじめます**。

● 自分の感情

●自分の考え方
●自分の立場
●自分の価値観

皆さんの周囲に「あの人は、自分のことばかり考えている」なんて人がいたらぜひ観察してみてください。おそらく、「自分の（が）……」という発言が多いことにきっと気がつくでしょう。これはまさに、「アハンカーラ」のはたらきによるものです。

この**「アハンカーラ」のはたらきは、放っておくとどんどんと育っていく特徴**があります。考えてみればそうですよね。「自分

の（が）」ということばかり考えていたら、自分を客観視するなんてことは至難の業です。「自分の（が）」は、次の「自分の（が）」への呼び水になって、どんどん育っていってしまいます。

この「アハンカーラ」から、

- **「自分に喜びをもたらすもの」を追い求める**
- **「自分に苦しさをもたらすもの」を遠ざけたがる**

こうした心のはたらきがはじまっていきます。これはインド哲学では「**マナス（感情）**」といわれる心のはたらきです。

「アハンカーラ（エゴ・自我意識）」と**「マナス（感情）」**が私たちの中ではたらき、そこから、**「カーマ（欲）」**や**「モーハ（執着）」**が生まれていきます。それは、「自分の（が）」をどんなことをしてでも守りたがる心のはたらきです。そしてこうした心の状態が、自分をますます苦しめていくというループを描いていきます。

教えを素直に聞くために必要なもの

心が「アハンカーラ（エゴ・自我意識）」と「マナス（感情）」でいっぱいだと、私たちは余裕がありません。

- 自分の苦しさをどうしてあなたが分かってくれるだろうか……
- 自分が置かれている状況にならないと分かってもらえない……
- このような状況は過去に味わった人がいないのではないか……

自分に執着してしまうと、このように世界に耳を閉ざしてしまいます。そしてどんどんと一人の世界に入り込み、悶え、苦しんでしまいがちです。

こうした時、周囲からのアドバイスを素直に聞くことができるはずもありません。おそらく、言葉は聞けていても、心には届かないはずです。**「自分への執着」でいっぱいな心……そこに周囲からの言葉を置くスペースは残されていません。**言葉は耳を素通りしていくだけです。

アルジュナの問いかけに対して、クリシュナが沈黙を続けた。そこには、**「アルジュナが素直に教えを聞ける状態になるまで待つ」**という意図が込められているといわれます。

- 何かを固く握ったままでは、新たなものをつかむことはできません
- 余裕がまったくない心には、新たな教えが入っていく余地がありません
- 冷たい水でみたされたカップには、温かなお湯はそそげません

アルジュナが**「もうどうにもならない」と戦場で沈黙をした時、彼の中の「自分の**

（が）」が解き放たれました。

『バガヴァッド・ギーター』でクリシュナが伝える教えの一つは、「あなたには悩む理由が無い」ということです。ただ、それをいくら言葉で語っても、悩んでいる時の私たちは聞く耳を持てません。そうした言葉を受け入れるには、教えを聞くタイミングが必要です。まさに、アルジュナにそのタイミングがやってきたのです。

「開いた心」にはじめて教えが入る

インド哲学を学ぶためには、ある準備が必要です。それは、心を開いてその教えを受け入れる姿勢を持つことです。

これを**「シュラッダー（信頼・心を開く）」**といいます。この姿勢がないと、教えを耳で聞くことはできても心には届きません。**アルジュナに教えがもたらされたのは、こ**

のシュラッダーな状態になったからだといわれます。

人はとことん絶望的な状況になると、「自分の（が）」を守っていることができなくなります。「自分の（が）」を集めてなんとか解決しようとバタバタしていた時期を過ぎると、「もうどうにでもなれ」という心持ちになることがあります。

まさにアルジュナがそういう状態でした。

「私は戦わない」と言ってから沈黙した。（第2章9節）

アルジュナがそんな心持ちになるまで、クリシュナは沈黙を続けていたのです。

私たちが何かを受け入れようとするとき、たいがいは具体的な根拠を求めたがります。「私が信頼するに値する証拠を示してください」となりがちです。

この「シュラッダー」は、何かしらの根拠を持って信じることではありません。**ただ、自分の心を開くこと**です。

これがなかなか私たちにはできません。なぜなら、「自分の（が）」という意識が根強くあるからです。「自分の考え」「自分の信念」「自分の価値観」で私たちの心はいっぱいだからです。

とはいっても、**シュラッダーは盲目的に『バガヴァッド・ギーター』を信じることとは違います**。それでは、狂信的な宗教と何ら変わりません。

誤解を承知でいえば、教えをただ疑わずに受け入れるのが「宗教」です。そこでは、開祖や教祖の教えを受け入れ、それに従った生活や修業を行うことで心の平安や神とのつながりを感じようとします。

一方、**自分の頭や心を通じてしっかりと考え、深い納得を伴う理解に落とし込んでいく……それが「哲学」です**。

これから皆さんは、『バガヴァッド・ギーター』を通して「哲学」をしていくことになります。

「シュラッダー（信頼・心を開く）」な心持ちで学んでいくと、かならず**疑問や質問が生まれてくる**はずです。インド哲学では、こうした疑問や質問をとても大切にします。なぜなら、ここからはじめて「自分ごととしての哲学」がはじまるからです。**机上の空論ではない、「自分の問いかけ」としての学びがはじまる**からです。

一気に語りはじめるクリシュナ

戦場で沈黙し、黙り込んでしまったアルジュナ。教えが聞ける状況になったと考えたクリシュナは、一気に語りはじめます。それも、『バガヴァッド・ギーター』の中心となるような主題が次々と語られます。

最初はちょっととまどうかもしれませんが、クリシュナが語りはじめた際のイメージをつかんでいただくために、引用してみましょう。

あなたは（※アルジュナのこと）は嘆くべきでない人々について嘆く。しかも分別くさく語る。賢者は死者についても生者についても嘆かぬものだ。（第2章11節）

私は決して存在しなかったことはない。あなたも、ここにいる王たちも……。また我々はすべて、これから先、存在しなくなることもない。（第2章12節）

主体《デーヒン》（個我）はこの身体において、少年期、青年期、老年期を経る。そしてまた、他の身体を得る。賢者はここにおいて迷うことはない。（第2章13節）

しかしクンティーの子（※アルジュナのこと）よ、物質との接触は、寒暑、苦楽をもたらし、来たりては去り、無常である。それに耐えよ、アルジュナ。（第2章14節）

それらの接触に苦しめられない人、苦楽を平等（同一）のものと見る賢者は、不死となることができる。（第2章15節）

非有（身体）には存在はない。実有（個我）には非存在はない。真理を見る人々は、この両者の分かれ目を見る。（第2章16節）

……いかがでしょう？

ちょっと難しいかもしれませんが、『バガヴァッド・ギーター』は同じような主題がくり返しでてきます。今ここで理解しなくても、先に進んでいけば分かるといったことがありますので安心してくださいね。

今まで沈黙をしていたクリシュナが一転、怒涛のように語りはじめます。次にアルジュナが語るまで、およそ40詩あまりもの長さになります。

ここから『バガヴァッド・ギーター』は本格的に展開していくわけです。次の章では、クリシュナが語った教えを少しずつひもといていきましょう。

コラム1 インド哲学は「心」を分析する

「私＝心」ではない

これは、インド哲学を学んでいるとよくでてくるテーマです。

私たちは「今、落ち込んでいるな……」だとか「ワクワクしているな……」といった具合に心を観察できますよね。

心の動きを観察できるということは、「心ではない何かが『心』を観察をしている」からです。ちょっと難しいかもしれませんが、あちこちと動く心をただ観察している存在が私たちの中に存在する……それが、インド哲学の中心テーマである**「アートマン」**です。

インド哲学では「アートマン」を理解するために、心のはたらきを分析するための知識がいくつもあります。そのうちの一つが、**心を4つに分析する方法**です。

- **アハンカーラ（エゴ・自我意識）**

世界を「自分の・自分のもの」or「それ以外」に分ける心のはたらき

- **マナス（感情）**

世界を「快をもたらすもの」or「不快さをもたらすもの」に分ける心のはたらき

●**ブッディ（知性・判断）**

世界を「知っている」or「知らない」に分ける心のはたらき

判断・決断をする心のはたらき

●**チッタ（純粋な心）**

純粋で汚れていない心

この４つの心の組み合わせが「心の状態」をつくりだしています。そして、一瞬一瞬、この組み合わせは変化しているといわれます。

たとえば、「色」をイメージしてみてください。すべての色は、３つの原色（赤・青・黄）の組み合わせでつくられますよね。「緑」は青と黄色、「紫」は赤と青との組み合わせです。同じように、私たちの心もこの４つの要素の組み合わせでできているというのです。

私たちのもっとも身近にありながら、実態がよく分からない「心」。インド哲学では、そんな「心」も細かく分析しながら、「自分とはいったい何か？」を理解に落とし込んでいくのです。

第3章

『バガヴァッド・ギーター』の中心となる二つの教え

『バガヴァッド・ギーター』の中心となる教え ～ブラフマンの知識～

『バガヴァッド・ギーター』では戦場で悲しむアルジュナに、クリシュナがさまざまなトピックを語ります。

- 私とは何者か？
- 私たちはなぜ生まれてくるか？
- この世界の本質とはいったい何か？
- 神々と人間はどのような関係か？
- 苦しさや悲しみはどこからやってくるか？

それぞれがとても大切なテーマばかりですが、**中心となるテーマの一つが「ブラフマ・ヴィッディヤー（ブラフマンの知識）」**といわれるものです。

> アルジュナよ、これがブラフマン（梵）の境地である。それに達すれば迷うことはない。（略）（第2章72節）

クリシュナが「達すれば迷うことはない」と断言しているように、アルジュナに**「ブラフマンの知識」を伝えること。これが『バガヴァッド・ギーター』が語られた最大の目的の一つ**です。

では、この「ブラフマンの知識」とは何なのでしょう？

理解しづらい言葉ではあるのですが、まずは**「自分と世界についての真実」ととらえてみる**とよいでしょう。

戦場で苦しむアルジュナに語られたのは、なぐさめの言葉でも、共感の言葉でもありませんでした。**「人間とは、世界とはそもそもどういうものか？」というとても根本的な話**が語られたのです。それらを「ブラフマンの知識」といいます。

インド哲学の専門書をひもとくと、この「ブラフマン」がさまざまな形で説明されています。ただそのどれもが、入門者にとってはなかなか理解しにくいものばかりです。なぜなら、**私たちは今まで「ブラフマン」について聞いたことも、考えたこともないからです**。また、**「ブラフマンこそが自分と世界の真実です」といわれても、自分の肌感覚とはあまりにかけ離れていて、理解のしようがない**からです。

専門書で解説される「ブラフマン」から代表的なもののイメージを見てみましょう。

- ブラフマンは**インド哲学における最大のテーマです**。これさえ理解すれば、この世界で知るべきことはないといわれます。「悟り」といわれているのは、このブラフマンを理解したことをいいます。
- ブラフマンを理解すると、**「私と世界」「私と他人」とが別々ではないことに気づきます**。それは、私たちがこの人生を通して一番知りたかった、私たちを自由に導く知識です。

●**「ブラフマン」は「アートマン」と対になった教え**です。大宇宙（宇宙原理）であるブラフマンと、小宇宙（個体原理）であるアートマン。これが一つだと理解すれば、私たちを悩ませるものは何一つありません。これを、梵我一如といいます。

……いかがでしょう？

この説明だけで「そうか、分かった！」とならなくてもまったく心配しないでくださいね。なにせ、インド哲学の最高峰の教えといわれているのですから。

『バガヴァッド・ギーター』はこの**「自分と世界の真実（ブラフマンの知識）」をさまざまな角度から伝えてくれている**。まずは、それを押さえておけばよいでしょう。

「ブラフマン」は「アートマン」と対になった教え

「ブラフマンの知識」を理解する上で、もう一つ知っておかないと先に進みにくい言葉があります。それが、「アートマン」です。**日本語では、「意識の源」や「真我」、「至高の自己」といった意味で説明されます。**

私たちは、何かを見たり、聞いたりできる五感のはたらきがあります。また、何かを判断したり、想像したりする知性のはたらきももっています。

この瞬間も、無意識のうちに身体ははたらいていますよね。呼吸をしたり、血液が循環したり、心臓が鼓動したりと、一瞬も休むこ

私たちの本質はアートマン
インド哲学が伝える最高の知恵だといわれます

となく身体がはたらいています。

はたして、どのような力がそれらを可能にしているのでしょう？

●私たちの身体にあって、そこに意識をはたらかせているもの
●私たちの中に存在し、いのちの根元といえるもの

それが、アートマンです。


たとえば、電化製品を想像してみてください。

冷蔵庫や洗濯機は便利な機械ですが、電気がなければいっさいはたらきません。それは、鉄やプラスチックでつくられた、たんなる箱でしかありません。

家電としてのはたらきをするには、電気が必要です。電気の力があってはじめて、空間を冷やしたり、ゴミを吸いとったりできるわけです。

人間でいうアートマンは、電気製品でいう電気と同じようなものです。目には見えないけど、その存在を根底から支えているものととらえていただけるとよいでしょう。

宇宙に広がる意識の源・ブラフマン

このアートマンと対になって説明されるのが、**「ブラフマン」**です。

日本語では**「宇宙意識」、「ユニバーサルソウル」「普遍の存在」といった意味合いです。**アートマンは、「私」の中に広がる意識のことでした。これに対して**ブラフマンは宇宙全体に広がる意識のこと**をいいます。

夜空を見上げると、たくさんの天体を目にすることができますよね。月、太陽、火星、金星……遥か彼方に存在するこれらの天体ですら、宇宙空間の中ではごく一部でしかないと私たちは学校で教わっています。

現代の科学では、太陽系や銀河系をも超えた世界が存在するとも説明されています。つまり、私たちには想像もできないスケールの話が、今ここに存在しているということです。

一見すると、この宇宙には無秩序に惑星が存在し、それぞれが勝手に運行しているようにも感じるかもしれません。

ただ、太陽は毎日決まった時間に日の出を迎え、決まった時間に西の地平線へと沈んでいきます。

月は決まった周期で地球の周りをまわっています。

太陽や月だけでなく、その他の星もそれぞれのリズムで活動をしています。ハレー彗星という、76年に一度地球の周りにやってくる星の話をご存知の方もいることでしょう。この星も、リズムが乱れることなく運行しています。


では一体、どんな力がそれらを可能にしているのでしょう?

- **宇宙全体に広がっていて、そこに意識をはたらかせているもの**
- **宇宙という存在を支える、いのちの根元といえるもの**

それが、ブラフマンです。

そして、この宇宙全体を支える意識であるブラフマンと、人間を支える意識であるアートマンとはそもそもが同じものであるといわれます。

人間の真理である「アートマン」と、宇宙の真理である「ブラフマン」とが究極的には一つであることを理解すること。

これこそが、「ブラフマンの知識」といわれるものです。

アートマンを理解するためのたとえ話

アートマンは、**「サット（存在）・チット（意識）・アーナンダ（至福）」**という言葉でも表現されます。

- 私たちを（存在）させているものであり
- 私たちに（意識）をはたらかせているものであり
- その本質は（至福）である

これこそが私たちの本質だと「ブラフマンの知識」では伝えています。

ただ、アートマンやブラフマンは目で見たり、手で触ったりできるものではありません。**『バガヴァッド・ギーター』に代表される聖典や、先生から生徒へと伝統的に伝えられてきたたとえ話を通じて理解が深められていきます。**

ここでは、「海と波のたとえ話」をご紹介しましょう。

このたとえ話では、「人間は海に生まれた「波」のようなもの」といわれます。海にはたくさんの波がありますよね。高い波、激しい波、霧のような波……それぞれ形は違いますよね。それらはちょうど、私たちが一人一人の見た目が違うようなものです。

「海」と「波」とは分けることができません。「波」は「海」の一部ですし、「海」があってはじめて「波」は存在できるからです。海の塩水と、波の塩水と、その成分がかわることはありません。まったく同じものです。

仮に「波」に意識があるとしましょう。

「波」が「自分は海の一部分だ」ときちんと理解していれば、なにも問題はおきません。「自分は大きな世界の一部分」という安心感で満たされます。

けれど、**「波」が「自分は海の一部ではなく、波だ！」と誤解してしまうと、さまざまな問題が生じてきます。**それは、**「波」というはかない存在に自らを限定してしまう**ということだからです。

「自分は波だ！」と主張したところで、どこまでいっても「波」は「海」の一部です。「海」から離れて自力でやっていこうともがいても、それは無理なこと。「波」は「海」なしに、存在することすらで

きません。

ただ、そのことを知らずに「自分は波だ！」ともがけばもがくほど、苦しさがやってきます。それは、**海と自分とのつながりを、切り離してしまうことだから**です。

岩にぶつかって消えてしまわないか不安になったり、隣の波と自分とを比べて、一喜一憂してみたり……そんな意識が次々と生まれてきます。

そんな「小さな自分」を守ろう守ろうとして、どんどん「自分は波だ！」に執着していくことになります。

このたとえ話では、**「海」がブラフマン、「波」が自分（アートマン）を象徴しています。**

世界に広がる意識（ブラフマン）と、自分の中に広がる意識（アートマン）とは同じもの。それは、「海」と「波」とが呼び方は違えど、その本質は一緒のようなものだといいます。

自分とは何者だろう?

アートマンを理解することは、**「自分とはいったい何者か?」をとらえなおすこと**にもつながります。ここで一つ考えてみましょう。

私たちは、感情がありますよね。

- 新しい仕事のオファーをもらって、飛びあがるほど嬉しい
- 友達に陰口をいわれていたらしく、とても失望している
- 親戚の不幸に接して、胸がはりさけるような悲しみを感じている

このように、できごとに応じてさまざまな喜怒哀楽がやってきます。そして、

「私は嬉しい」
「私は失望している」
「私は悲しんでいる」

といったように感情を表現しますよね。その時、特に深い疑いをもつことなく、**「この感情こそが私」と思ってしまいがちです。**

ただ、「ブラフマンの知識」が伝えているのは、

私たちの本質はアートマンです。
決して、感情や心ではありません。

ということです。

戦場で悲しむアルジュナにクリシュナが語ったのは、「あなたの本質はアートマンです」ということ。それは、**「あなたは『感情』でも『心』でもないですよ」**ということです。

怒りや喜びがもたらす感情の動きは、とてもリアリティあるはたらきですよね。「つらい」「くるしい」「たのしい」「こわい」……。こうした感情は、小刻みに身体が震える、心臓が張り裂けそうになる、などの肉体的な反応も伴いながら、私たちの中を駆け巡ります。

そのため、ついつい私たちの意識はそれにひっぱられてしまいます。そして、**「心の中を巡っているこの衝動こそが自分だ！」**と思い込んでしまいがちです。

ただ、それは真実ではないということが「ブラフマンの知識」では語られるのです。

自分を自分でないものと結びつけてしまう

私たちは、特に疑うこともなく**感情や心を「自分」だと思い込んでしまっています。**

また、それ以外にも、いろいろなものと自分とを結びつけてしまいます。いくつか例をあげてみましょう。

●「私は、若々しい」

これは、「外見の見た目」と自分を結びつけています。

●「私は、高級車のオーナーだ」

これは、「自分の持ち物」と自分を結びつけています。

●「私は、会社の社長だ」

これは、「役職」と自分を結びつけています。

ただ、**誰もが普通に行っているこうした自己認識。これこそが「自分の真実」を誤解している**と「ブラフマンの知識」はいうのです。そして、**自分自身をアートマンではなく、それ以外のものと結びつけてしまうこと。そこから、人間の悲しみや苦しみが生まれる**というのです。

『バガヴァッド・ギーター』の主人公は「戦うべきか、戦わざるべきか」と苦しむ戦士・アルジュナでしたね。どちらを選択してよいか分からない究極の状況を前に、あまりの苦しさに戦場で動けなくなってしまったと、第2章でお伝えしました。

この場面でアルジュナは、**「この苦しみ（感情）こそが自分」だと思い込んでしまっています**。そこか

ら、知性の混乱が起き、苦しさにさいなまれているのです。

アートマンでないものと自分を結びつけると、なぜ苦しさが生まれるの？

ではいったいなぜ、**「アートマンでないものと自分を結びつけることが、悲しみや苦しさの原因となる」**といわれるのでしょう？

116ページで挙げた3つのケースを考えてみましょう。

●「私は、若々しい」

人間はいくつになっても「自分の見た目」は大切ですよね。「いつまでも若々しい見た目」、「他人を魅了するような見た目」は、「しあわせ」に生きていくためにも大切なことのような気もします。それがなぜ、「自分＝外見の見た目」と考えると、悲しみや苦しみが生まれるのでしょう？

●「私は、高級車のオーナーだ」

「高級車を手に入れることで、生活が豊かになった！」という人は少なくないでしょう。所有する満足感で満たされ、この上ない「しあわせ」を味わう人もきっと多いはずです。それがなぜ、「自分＝自分の持ち物」と考えると悲しみや苦しみが生まれるのでしょう？

●「私は、会社の社長だ」

社長という立場は、想像できないプレッシャーに直面し、常に孤独と隣り合わせだといわれます。そんな社長という仕事をやり抜いていくには、リーダーシップを発揮し、自信を持って「私が社長だ！」という気概を持つことが大切なような気がします。
それがなぜ、「自分＝役職」と考えると悲しみや苦しみが生まれるのでしょう？

アートマンでないものは、常に変化する

この3つの質問の答えは、どれも同じです。それは、**アートマンでないものは常に変化するからです**。

そして、**変化するものに自分自身の軸を置く（＝同一視する）ということは、自分が永遠に不安定であるということ**を意味するのです。

「感情」も「心」も常に変化をしていますよね。この一瞬一瞬もはたらきをとめません。
「外見」も「持ち物」も「役職」も永遠ではありません。時の経過とともに変化したり、無くなったり、壊れたりとしていきます。

「私は、若々しい」といっても永遠ではありません。

私たちの身体は、この一瞬一瞬も細胞が入れ替わっています。そして、誰もが確実に「老い」に向かっています。シワが刻まれたり、髪が抜けたり、肌の輝きがなくなったりすることは、人間であるかぎり避けることができません。

変化していく身体を前に「変化しないように」「より若々しくあるように」とはたらきかけていくこと。それは、自然の摂理に逆行していくことです。そこから、私たちの苦しさははじまります。

「私は、高級車のオーナーだ」といっても永遠ではありません。

残念ながら、形のあるものは、いつか壊れたり、失われたり、汚れたりする宿命にあります。

さらに、それらが価値があるものであればあるほど、「守るためのエネルギー」が必要です。それらを**失ったり、汚れることへの心配や恐れ**と向き合わないといけません。

そこから、私たちの苦しさははじまります。

「私は、会社の社長だ」といっても永遠ではありません。

会社が倒産してしまえば、会社での役職はなくなってしまいます。それがいつ誰にやってくるかは、いっさい分かりません。

仮にそうした不運に見舞われなかったとしても、**いつかは「社会での役割」を手放すときがやってきます**。なぜなら、私たちの誰もが老い（引退）や死を避けられないからです。

……いかがでしょう？

このように、アートマンではないものを自分だと持ってしまうこと。そして、それに執着してしまうこと。そのような誤解や思い込みが、私たちの苦しさの大きな原因となっているというのです。

「ブラフマンの知識」はモークシャ（自由）をもたらす

変化し続ける肉体（身体、感情、心）の中に在りながら、いっさい変化せず、永遠なもの。それがアートマンです。

肉体や感情が変化していくさまを、その自分自身を、ただ静かに見ている存在。そ

れがアートマンです。

肉体が激しい感情や痛みにさらされても、何ら傷つくこともなく何も変わらずにそこにあるもの。それがアートマンです。

ただ、アートマンは「肉体という入れ物」に入った状態にあります。

そこには、時間の制約も、空間的な束縛もあります。**本来は自由な存在（アートマン）なのに、あたかも窮屈な檻に入っているようなものです。**

そのため、どうしても「自分は限界がある」「自分は小さい存在」と私たち

は考えてしまいがちです。そこから、**悲しみや苦しさといった渦の中に、私たちの本質であるアートマンを巻き混んでしまいがちです。**

そこに知性の光をともすのが『バガヴァッド・ギーター』です。

アートマンを理解するということは、この**「限りがある自分」という感覚から自分を解き放つ**ということです。そして、**ありのままの自分自身を完全に受容する**ことです。

私たちの中で「アートマンとブラフマンの真実」に深い理解が起きたとき、苦しさや悲しみは姿を消すといわれます。

私たちの誰もがこの人生で求めているもの、それは「自己受容された自分」です。不安や怖れに翻弄されずただありのまま、リラックスした状態で、世界とコミュニケーションをとることができる自由な自分です。

「自由な自分」は、人生に何かを追加することで得られるものではありません。

自分自身の本来のあり方に深い理解を灯すこと。それこそが、この人生を通して私たちが求めていた「モークシャ（自由）」といわれるのです。

これこそが、『バガヴァッド・ギーター』が説く「ブラフマンの知識」です。

もう一つのトピック「ヨーガの教え」

ここまで、「ブラフマンの知識」についてお伝えしてきました。

「アートマンとブラフマンとを理解すること」

言葉にしてしまえば簡単ですよね。

ただ、皆さんの中には「じゃあ、どうやって『ブラフマンの知識』を理解するの？」と思われる方もいらっしゃることでしょう。

ここからお伝えする**「ヨーガ・シャーストラ（ヨーガの教え）」こそが、そのための方法論**です。『バガヴァッド・ギーター』で「ブラフマンの知識」と並んで説かれる、大切なトピックです。

日本では、「ヨーガ」よりも「ヨガ」の方が呼称として一般的かもしれませんね。呼び方が異なるのは、サンスクリットの発音ルールによる違いのためです。

さて、皆さんはこの「ヨーガ（ヨガ）」にどのようなイメージを持っていますか？

【『バガヴァッド・ギーター』の2大トピックス】

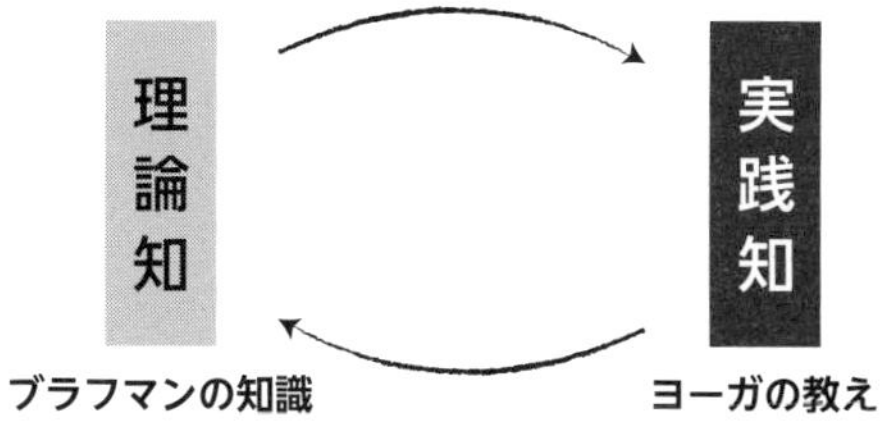

●ヨガって独特なポーズをくり返して、身体の状態を整えるものだよね……

●芸能人やアスリートがヨガを生活に取り入れてる、ってよく聞くけど……

●汗をかきやすい環境で行う〝ホットヨガ〟の看板を街で見かけるけど……

ここであれこれと語るまでもなく、現代の日本ではさまざまな「ヨガのイメージ」が存在しています。

ただ、**『バガヴァッド・ギーター』で説かれている「ヨーガの教え」は、日本で普及しているイメージとはちょっと異なるもの**なのです。

●日常生活をどのように生きるか？

- どのように自分の感情と向き合っていくか？
- 落ち着いた心をどのようにつくっていくか？

『バガヴァッド・ギーター』ではこうした**生き方のすべてが、「ヨーガ」になります。**

そこには、**ブラフマンを理解するための方法（準備）**といった意味合いがあります。

「ブラフマンの知識」は、勉強して理解できるというものではありません。**「ヨーガの教え」を通して、ブラフマンを理解できる自分をつくっていく**ことが必要になっていくのです。

「ヨーガの教え」を通じてブラフマンを理解する

「ブラフマンの知識」は、私たちそのものの真実についての教えです。

「あなたは、アートマンです」
「あなたは、ブラフマンです」

と、『バガヴァッド・ギーター』はくり返し伝えています。

ただ、言葉の意味はなんとなく分かっても、そこには実感が伴いません。「本当にこれが真実なの？」などと、疑いがでてくることもあります。そのため、「ブラフマンの知識」を聞いても、深い納得がいきなりやってくることはたいへん珍しいことだといえます。

「あなたは、アートマンです」と教えを

聞くことと、「自分は、アートマンです」と理解することとの間には、大きな隔たりがあります。

この両者を埋めるのが、「ヨーガの教え」です。

「ブラフマンの知識」を理解するには、シュッディ（浄化）され、シャンティ（落ち着いた）な心が必要だといわれます。

平安において、彼のすべての苦は滅する。心が静まった人の知性は速やかに確立するから。（第2章65節）

ただ、私たちの心はなかなか平安を保てません。

メディアから流れてくる情報は、私たちの注目を促そうとするものでいっぱいです。

それらは、「これが足りてないんじゃない？」「もっと豊かな人生を体験してみない？」といったメッセージのオンパレードです。

SNSには仲間の「成功」や「しあわせ」の記事で満ちています。それらは、羨望や嫉妬といった感情を生みだすきっかけになります。

このように**私たちの生活は、「心を暴れさせるさまざまな敵」に囲まれています。**そのため、私たちの心には「持たなくてもいい欲望」や「執着やこだわり」が知らないうちに入り込んでしまうのです。

こうした心の状態で「ブラフマンの知識」を理解しようと思っても、なかなか難しいということです。

『バガヴァッド・ギーター』で伝える知識は、澄み切って静まった心によって理解さ

れるといわれます。

心配事や不安で暴れる心には、この世界の真実がありのままに映ることはありません。それはちょうど、曇った鏡に自分を映しているかのようなものです。どのように見たところで、自分自身の姿がきちんとうつるわけもありません。

そこで、**心を浄化し、静かで落ち着いた状態にしていくのが「ヨーガの教え」**なのです。

ヨーガをめぐる二つの生き方

『バガヴァッド・ギーター』では二つのヨーガ（生き方）が説かれます。

アルジュナよ、この世には二種の立場があると、前に私は述べた。すなわち、知識のヨーガによるサーンキャ(理論家)の立場と、行為のヨーガによるヨーギン(実践者)の立場とである。(第3章3節)

1. サンニャーサ(出家)の道

社会での役割や義務をすべて捨て去り、世俗から離れて生活を行い、ただ「ブラフマンの知識」のためだけに生きる生き方です。出家したお坊さんというとイメージしやすいかもしれませんね。

2. カルマ(行い)のヨーガの道

カルマとは「行い」のことです。この人生でやるべきことを行いながら、「ブラフマンの知識」を追求する生き方です。「やるべきこと」とは仕事だったり、家庭での役割だったりと人により違います。

『バガヴァッド・ギーター』でこの二つはどちらもが推奨される生き方（ヨーガ）として示されています。**ただ、その人が置かれた状況によって、「ブラフマンの知識」を理解する方法が違うだけ**であって、どちらに優劣もありません。

サンニャーサ（出家の道）は、この世界の役割や義務を持ちません。それは、世俗的なさまざまな欲望からもしっかりと距離を置き、「ブラフマンの知識」だけに人生をフォーカスしているからです。

ただ、万人がその生き方を選択できるわけではありません。

なぜなら、**私たちはこの世界で果たすべき仕事や役割がありますし、まだ満たしたい欲望もある**からです。それらを無視して「サンニャーサ（出家）の道」に進んでも、うまくいくはずはありません。

もう一方、**「カルマ（行い）のヨーガ」の生き方は、この世界で果たすべき役割を果たしながら、自分をつくりあげていく生き方**です。そして、「ブラフマンの知識」を理解しようとつとめる生き方です。

仕事や家庭での役割を持つ私たちの多くは、この「カルマヨーガの道」を選ぶことになります。

「行い」と「行いの結果」には何らかの因果関係がある

「カルマヨーガ」を知るには、まずは**「カルマ」という言葉を理解することがたいせつ**です。

カルマとは**「良い行いには、喜びや快をもたらす結果が。反対に、悪い行いには、苦しみや不快をもたらす結果が生まれる」**という世界の摂理のことです。つまり、**「行い」と「行いの結果」とは何らかの因果関係がある**ということです。

日本では「自業自得」という言葉でも知られます。自分の行いが、いつか自分に返ってくるという意味ですよね。ここで使われる「業（ごう）」という文字はカルマのことです。どこか日本人にもなじみの深い考えといってもいいかもし

【カルマの法則】

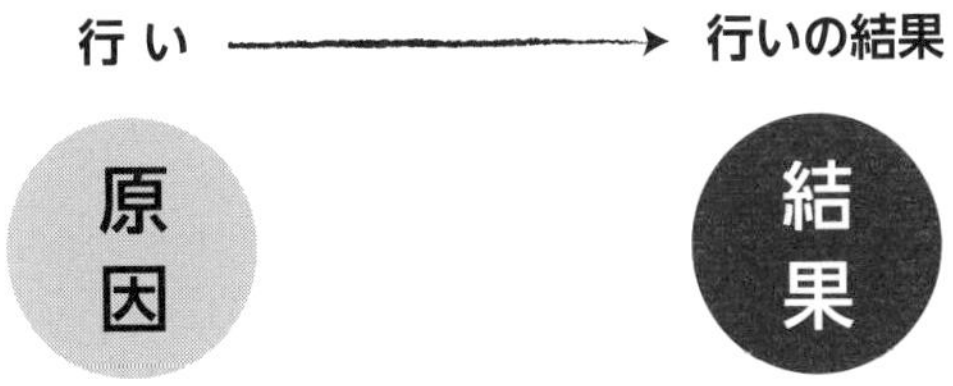

れませんね。

私たちは、日ごろさまざまな「行い」をしています。

会社で仕事をする、自宅で本を読む、家族と食事をする、SNSに投稿をする、友達の相談に乗る……数えきれない「行い」をしながら、私たちは生きています。

これらはすべて「カルマ」です。こうした私たちの「行い」に応じて、いつか「行いの結果」が現れるというのが、「カルマの法則」です。

ここで一つ押さえておきたいのは、**「カルマ」は広範囲にわたる**ということです。

たとえば、病気になった友達がいるとしましょう。入院をして、近々手術をするという友達です。こうした状況下にある友達にお見舞いや心配の言葉をかけること。これは**言葉を通して行う、立派な「カルマ」**です。

たとえば、ある特定の人に対して憎しみの感情を持つとしましょう。誰にも話をしていないので、自分だけの秘密です。ただ、こうした心のはたらきもカルマになってしまいます。これも**心の想いを通して行う、立派な「カルマ」**です。

身　やること
口　言うこと
意　想うこと

このように、カルマには3種類あるといわれます。

1. 身体をつかって行うカルマ
2. 言葉をつかって行うカルマ
3. 心の想いをつかって行うカルマ

つまり、この**一瞬一瞬に私たちはカルマを積み重ねている**ということです。そして、いつか「行い」にふさわしい「行いの結果」に向き合う必要があるということなのです。

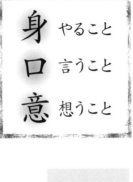

私たちには、「カルマの法則」を見通すことはできない

「行い」と「行いの結果」とは何らかの因果関係がある

これが、カルマの法則とお伝えしました。ただ、**幸か不幸か人間にはその因果関係をすべて見通すことはできません。**

たとえば、条件のいい職場に転職できたとしましょう。「カルマの法則」で考えると、「過去の何らかの行い」が「転職の成功（行いの結果）」になったということがいえるはずです。

では、過去の行いが、今回のような「良い結果」をもた

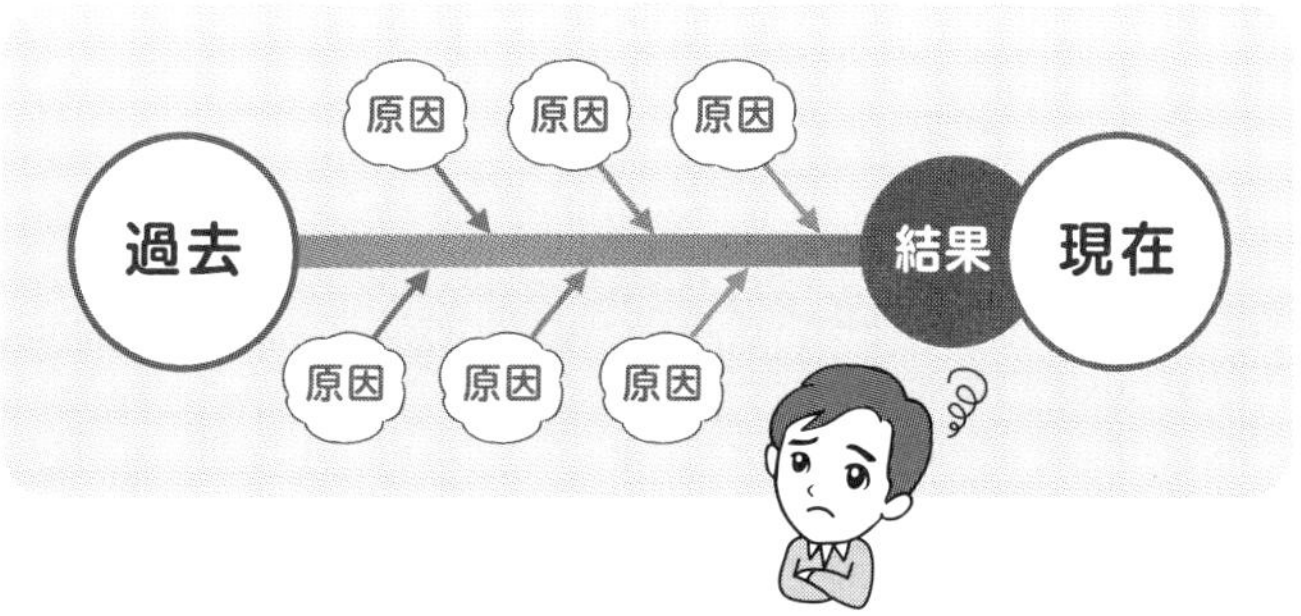

「カルマの法則」を見通すことはできません

らしたのでしょう??

● 今年は初詣に行ったから、転職がうまくいった
● 志望先の会社をたくさん研究したから、面接がスムーズにいった

……このようにもっともらしい原因を見つけることはできます。そこに、なんらかの原因と結果の法則がはたらいていると感じたりすることもあるでしょう。

ただ、**「カルマの法則」というのはそんなに単純なものではありません。**

カルマは**一つの「行い」に対して、一つの「行いの結果」が現れているものではありません。**もっと**たくさんの「行い」が複雑に絡みあって「行いの結果」が生まれているといわれます。**また、「行い」がすぐに「行いの結果」となるわけではありません。中には、長い年月をかけて徐々に結果が現れるカルマもあるといいます。

カルマには、

- **ドリシュタパラ（因果関係が人間に分かるもの）**
- **アドリシュタパラ（因果関係が人間に分からないもの）**

この2種類が混在しているといわれます。

手に持っているコップを手放すと、どうなりますか？　地面に向けて落ちていきますよね。これは、「コップを手放す」【原因】↓「落ちる」【結果】という因果関係が分かりますよね。

開いた両方の手のひらを、身体の中心に向けて勢いよく動かすとどうなりますか？「パチン」と音がなりますよね。これも、「手を動かす」【原因】↓「音が鳴る」【結果】という関係を見通すことが容易にできます。

これらの因果関係はとても明確です。原因と結果のつながりをクリアに見通すことができます。これをドリシュタパラといいます。

そこで、ここがポイントになるんですが、**私たちのカルマの多くは「アドリシュタパラ（因果関係が目には見えない）」**ということです。

つまり、

「行い」と「行いの結果」には、何らかの因果関係がある
ただ、私たち人間にはそれらをすべて見通すことはできない

というのが「カルマの法則」だということです。

「カルマの法則」をもたらしている存在とは？

では、この「カルマの法則」はいったいどのようにもたらされるのでしょう？

この世界には私たちの想像をはるかに超えた大きなはたらきが存在している、といわれます。それを、**「イーシュヴァラ」**といいます。

- 天体を運行させ、自然の力をはたらかせる偉大な力
- 生命を誕生させ、季節を巡らせ、食物を実らせる不思議なはたらき
- この世界にさまざまな法則をもたらす、宇宙全体に秩序をもたらす力

「この世界の摂理」とも**「この世界を運行させる源」**ともいえるような偉大なはたらきのことです。

水に熱を加えると100度で沸騰してお湯になりますよね。反対に、0度まで水温を下げていくと氷になります。そこには、科学でも実証された「自然界の法則」が存在しています。

そうした法則をつかさどるのも、このイーシュヴァラ。

「カルマの法則」もこうした自然の法則とおなじように、イーシュヴァラによってもたらされているといわれます。

大自然の摂理は、すべての人に対して平等であり、公平です。「私にだけ、太陽の光が当たらない」「私にだけ、雨が降らない」ということはありませんよね。「カルマの法則」も同様です。

「私にばかり不幸なことが起きる」ということはありえません。「あの人ばかりいい思いしてずるい……」ということもありえません。**それぞれの「行い」に応じて、それにふさわしい「行いの結果」がもたらされている**だけです。

イーシュヴァラからもたらされる「行いの結果」は、**プラサーダ（世界からの贈り物）**とも呼ばれます。

私たちの日常に起きることは、大きな摂理からもたらされているにもかかわらず、私たちは一喜一憂とはげしく反応しがちです。

ただ、どれもが**「この世界の摂理から、私にもたらされた贈り物だ」**ととらえ、極端に喜んだり、悲しむようにしないことが大切だといわれます。なぜなら、**変えられないものを変えようとすることから、私たちの苦しみはやってくるから**です。

「行いの結果」にこだわると、たくさんの欲が生まれる

「行いの結果」はイーシュヴァラによってもたらされるものです。私たち人間が自由自在に得られるものではありません。

ただ、私たちは**「行いの結果」を自分の都合のいいようにコントロールできるかのような錯覚に陥ってしまいがち**です。

- たくさんのお金を稼ぐ（行いの結果）ために、独立しよう（行い）
- 人から賞賛をたくさんもらう（行いの結果）ために、ＳＮＳをやろう（行い）
- 体重を５キロ落とす（行いの結果）ために、食事を制限しよう（行い）

このように、「行いの結果」を目的として行動をしてしまいがちです。そこでは、私たちの「ラーガ（好き）」や「ドヴェーシャ（嫌い）」が幅を利かせています。

- 「自分に喜びや幸福をもたらしてくれる結果」に執着する

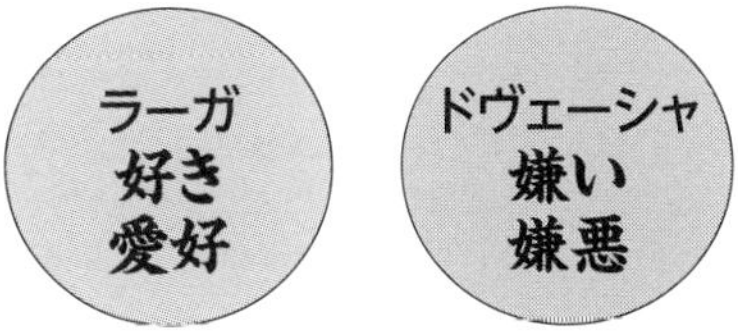

●「自分に苦しみや悲しみをもたらす結果」を避けようとする（ドヴェーシャ）

（ラーガ）

そんな心のはたらきです。

ただ、**「行いの結果」はこの世界をつかさどる摂理・イーシュヴァラからもたらされるものです。私たちの「好き」「嫌い」で勝手にコントロールできるものではありません。**

そこに理解が及ばないと「行いの結果」ばかりを求めて、あれやこれやと「行い」に駆り立てられてしまうのです。

●この結果が欲しいから、これをしよう
●あの結果が欲しいから、こんどはあれをしよう

……私たちの思考や心は、こうした想いでいっぱいになります。すると、私たちの

心や感情が「カーマ（欲望）」で満たされてきます。

「もっともっといい結果が欲しい」

「あれもこれも手に入れたい」

そのように欲で膨れ上がった心は、「制御不能な暴れ馬」とも「火が次々と燃えて広がるよう」とも例えられます。 そのような心の状態では、「ブラフマンの知識」が定着するスペースはなくなってしまうのです。

カルマヨーガとは「行いの結果」からの執着をはずすこと

134ページでお伝えしたカルマヨーガとは、

「行いの結果」への執着をしないで、カルマ（行い）を行うことです。

それ故、執着することなく、常に、なすべき行為を遂行せよ。実に、執着なしに行為を行えば、人は最高の存在に達する。（第3章19節）

昔話にはカルマヨーガを行う
おじいさん、おばあさんが数多く登場しています

私たちの「行い」のほとんどは、結果への執着からはじまっています。その**執着をとりのぞき、「やるべきこと」へとフォーカスすることで、自分の心を浄化し、深い落ち着きをもたらすのがカルマヨーガ**です。

日常のあらゆるシーンでこのカルマヨーガを行うことができるのです。

カルマヨーガのポイントを3つに整理してみましょう。

1.**「好き、嫌い」の判断を加えずに「できごと」を受けとめること**

私たちには、イーシュヴァラからさまざまな**「プラサーダ（世界からの贈り物）」**がもたらされます。まずはそれらを、**「自分が受け取るべき結果だ」として「好き・嫌い」といった個人的な判断をせずに受け止めること**です。

2.**自分がすべきことを行うこと**

「行いの結果」に執着して「行い」をするのではなく、**「今の自分がすべきこと」を行うこと**です。すべきこととは、今、「周囲から求められること」や今、「自分が果たすべき役割」のことです。

3.**「行いの結果」は手放すこと**

「行いの結果」へのこだわり、執着を手放すことです。**私たちがコントロールできる**

のは「行い」に対してだけであり、「行いの結果」に対してではありません。結果は、適切な形でイーシュヴァラからもたらされると受け入れることです。

カルマヨーガをくり返すことにより、私たちの中の「好き・嫌い」が中和されはじめるといいます。そんな、浄化された心には、**ヴィヴェーカ（物事を見極める力）**と呼ばれる力がつくといわれます。

アルジュナが「戦うべきか、戦わざるべきか？」で悩んだのをみても分かるように、私たちは二つの選択肢で悩みます。

- いくべきか、いかざるべきか
- 連絡すべきか、連絡すべきでないか
- 転職すべきか、転職すべきでないか

どちらを選んだらよいか、なかなか答えがでません。ただ、ヴィヴェーカが自分の中にたちあがると、

- **「すべきこと」と「すべきでないこと（カルマorアカルマ）」を見極める力**
- **「永遠なもの」と「永遠でないもの（ニッティヤorアニッティヤ）」を見極める力**

がクリアになっていくといわれています。「ブラフマンの知識」を理解するためには、カルマヨーガを通して得られたこのヴィヴェーカが不可欠なのです。

「知識」と「実践」の両輪で理解を深めていく

この章では、『バガヴァッド・ギーター』の二つの中心的なトピックをお伝えしてきました。

◎ブラフマンの知識（ブラフマ・ヴィッデャー）
◎ヨーガの教え（ヨーガ・シャーストラ）

この二つは、『バガヴァッド・ギーター』の中で「理論知」と「実践知」とも呼ばれる重要な教えで、二つでワンセットです。

私（※クリシュナのこと）はあなた（※アルジュナ）に、この理論知と実践知を残らず語るであろう。それを知れば、この世には、他に知るべきことは何も残っていない。（第7章2節）

「他に知るべきことは何も残っていない」とクリシュナが語っているように、これこそが究極的な二つの教えだということです。

この二つは、「馬車の車輪」のようなものといってもいいかもしれません。

どちらか一方の車輪が無かったとしたら、馬車はまっすぐ走ることができませんよね。目的地に向かってまっすぐ走るためには、両方の車輪がバランスよくそれぞれのはたらきをしていることが大切です。

「理論」（ブラフマンの知識）を学びながら、「実践」（ヨーガの教え）を日常生活でくり返して行うこと。この二つのトピックをそれぞれくり返していくことが、必要になってくるのです。

コラム2 自分の大事なものに、人生を結びつける

ヨーガで瞑想を行うときに、手や指を独特の形にして行うことがあります。これを、「ムドラー（印）」と呼びます。代表的なムドラーの一つが、チンムドラーといわれるものです。

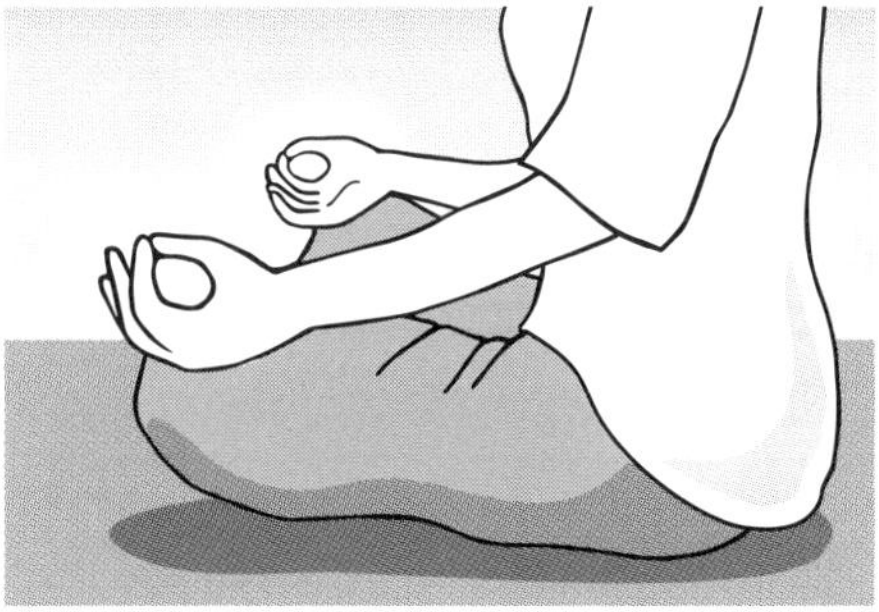

両方の人差し指をそれぞれの親指に結んで円をつくり、残った指は力を抜いた状態で自然にしておきます。この手を膝の上や腿の付け根などに置き、瞑想をして心を落ち着けます。別名、ヨーガムドラーともいわれます。

このムドラーのポイントは、人差し指です。**この指はその名の通り「人を指す（accusing＝とがめる）」指です。**

他人の間違いを指摘してみたり、あらさがしをしてみたり……人差し指は、外へ外へと向かっていく性質を象

徴しているといわれます。

際限なく暴走してしまうこの指を、手の中で一番重要なはたらきをする指・親指へと結びつけ、きちんとコントロール下に置く。このムドラーにはそんな意味合いが含まれているといわれます。

他には、「**人差し指はアートマン、親指がブラフマンの象徴**」という説明もよくなされます。

私たちはともすると、自分を興奮させるものや、刺激を与えてくれるものにどうしても目が向いてしまいがちです。そして、大切な時間やエネルギーを浪費してしまいます。

それを防ぐためにも、アートマン（人差し指）である自分を野放しにせず、ブラフマン（親指）へと結びつけておくのです。

この人生で大切なものと意識をしっかりつなげておくこと。チンムドラーにはそんな意味合いが込められているのです。

第４章

『バガヴァッド・ギーター』を読むための10のテーマ

『バガヴァッド・ギーター』は先生の解説を通して理解する

3章では、**『バガヴァッド・ギーター』の中心となる二つのテーマ～「ブラフマンの知識」と「ヨーガの教え」**～をお伝えしました。

「ブラフマンの知識」とはこの世界と自分の真実のこと。

私たちにとって、「自分」とはとても身近なもののはずです。目を開けば、「自分の身体」を見ることができますし、静かに目を閉じれば「自分の心」を感じることができます。
ただ、分からないことがたくさんあります。

「そもそも、自分っていったい何者だろう？」「どこからやってきて、どこへ向かうんだろう？」……このように、**いくら考えても答えがでてこない「世界と自分の真実」を解き明かすのが「ブラフマンの知識」**だとお伝えしました。

一方、「ヨーガの教え」は**「ブラフマン」を理解する自分をつくるための手段**です。

成熟して落ち着いた静かな心。『バガヴァッド・ギーター』の知識は、そんな心に宿ります。慌ただしい心、不安で落ち着かない心では、その教えを正しく理解することは困難です。そのために「ヨーガ」を通して自分自身をつくりあげていくことが大切になります。「ブラフマンの知識」と「ヨーガの教え」、この両輪があってこそ「自分の真実」は明らかになっていくと、ここまでお伝えしてきました。

そんな『バガヴァッド・ギーター』の教えは、

私はあなた（※アルジュナのこと）**に、この理論知**（※ブラフマンの知識）**と実践知**（※ヨーガの教え）**を残らず語るであろう。それを知れば、この世には、他に知るべきことは何も残っていない。（第7章2節）**

といわれる偉大な知恵といわれます。ただ、どうしても自力で学ぶには限界があります。

なぜなら、『バガヴァッド・ギーター』の中心テーマは**目で見たり、耳で聞いたりすることができないことばかり**だからです。そのため、読んでも理解できない箇所がたくさんでてきます。その結果、自分勝手な解釈で『バガヴァッド・ギーター』をとらえてしまったり、勘違いをして理解してしまうこともごく普通に起こりがちです。

そのため、**『バガヴァッド・ギーター』の教えを正しく理解した先生（グル）の存在が必要となります**。

グルには「闇を絶つ」という意味があるといわれます。私たちの無知に光を灯し、「自分の真実」を明らかにするのがその役割です。聖典の一節一節を丁寧に読み解きながら、先生の解説を通して教えが伝えられます。その際、先生が一方的に講義をするだけでなく、生徒からの疑問や質問を通して理解が深められることも一般的です。その

ページ数としてはそんなに多くない『バガヴァッド・ギーター』を、数年単位で学ぶということもめずらしくありません。

この本の目的は、「『バガヴァッド・ギーター』の全体イメージをつかんでいただく」ことにあります。そのために、この章では、**『バガヴァッド・ギーター』で語られる10のテーマを取り上げてみました**。まずは、ここを入り口にして「全体の見取り図」をつかんでいただけるとよいかと思います。

そして、機会があれば『バガヴァッド・ギーター』の教えを正しく理解した先生のクラスに参加されることをおススメします。「自分の準備ができたときに、先生は現れる」という話もよく耳にします。ぜひ皆さんにも、よい先生が現れますように。

それでは、10のテーマに入っていきましょう。

テーマ1：人生には喜びと苦しみがやってくる
～スカ(快)・ドゥッカ(不快)の話～

生まれたものに死は必定《ひつじょう》であり、死んだ者には生は必定であるから。それ故、不可避のことがらについて、あなたは嘆くべきではない。(第2章27節)

世界にはたくさんの国があります。そこでは、それぞれの文化や生活習慣が繰り広げられ、異なる言葉が話されています。ときには文化や習慣の違いから争いが起きたり、「どちらが正義か？」をめぐって戦争に突入してしまったりもします。

ただ、どんな文化圏であっても人間が共通して求めるものがあります。それは、

- **「スカ（喜びや心地よさ）」を追求したい**
- **「ドゥッカ（苦しみや痛み）」を遠ざけたい**

という二つの欲求です。分かりやすくいうと、「しあわせ」といってもいいでしょう。

美味しいものを食べたり、欲しいものを買うのは、それらが「喜び」をもたらすからです。料理やモノを通じて、「ここちよさ」や「しあわせ」を感じられるからです。

誰もが病気や災害を避けたいのは、それらが「苦しみ」をもたらすからです。嫌いな人と出会うこと、気の合った仲間と別れること。この世界には、たくさんの「苦しみ」をもたらすものがあります。私たちはそれらをなるべく遠ざけようとすることで、「しあわせ」を感じようとします。このように、**「喜び」や「心地よさ」をもたらすものを「スカ」といい、「苦しみ」や「痛み」、「悲しみ」をもたらすものを「ドゥッカ」といいます。**

私たちの一生は大きな摂理のはたらき（イーシュヴァラ）によってさまざまな「できごと」が起こります。それらは、「スカ（喜び）」を与えてくれる「できごと」ばかりではありません。病気だったり、大切な人との別れだったりと「ドゥッカ（苦しさ）」をもたらす「できごと」も巡ってきます。

これらは、自然の摂理にもとづいて、起きるべくして起きています。ただ、**私たちはこれらに一喜一憂し、変えられない現実を変えようとしたがります。**避けられないことを無理に変えようとすること。それは、「せっかく外出するのに困るな……」と、大雨の天気をなんとかして晴天にしようとはたらきかけるようなものです。

嫌な人と出会ってしまうこと。好きな人と離れ離れになること。欲しいものが手に入らないこと。人生の試練に直面すること……これらがやってきたら、すなおに受け入れるしかありません。そして、そこでできる最大限のことをやるしかありません。**避けられないできごとを受け入れられないこと。そこから、「ドゥッカ（苦しさ）」がは**

じまるのです。

『バガヴァッド・ギーター』の主人公・アルジュナは由緒ある王家の生まれです。そのため、この人生においてさまざまな「スカ（喜び）」を体験してきました。武芸にすぐれ、美しい妻を娶《めと》り、将来的には兄弟と一緒に王国を統治する人生が開けているはずでした。それが一転、「戦場で大切な人と敵味方になって戦う」という「ドゥッカ（苦しさ）」に直面したわけです。それも、ふつうの苦しみではありません。一族の未来や、大切な人々の命がかかった「究極のドゥッカ」です。

『バガヴァッド・ギーター』はそんなアルジュナに語られた知識。その冒頭に語られたのが、この**「不可避のことがらについて、あなたは嘆くべきではない」**という詩節です。

「自分自身の真実」を理解した人（＝ブラフマンを理解した人）は「スカ」と「ドゥッカ」を超えていくと『バガヴァッド・ギーター』では語られています。

不幸において悩まず、幸福を切望することなく、愛執、恐怖、怒りを離れた人は、叡智が確立した聖者と言われる。（第2章56節）

「ブラフマンの知識」に深い理解がもたらされたとき「スカ」も「ドゥッカ」も姿を消すのだといいます。なぜなら、**「すべては、起きるべくして起きている」と受け入れられる**からです。そして、**「どんなできごとがおきても、アートマンである自分は影響を受けない」という深い納得がある**からです。

そのような人は、自分の思い通りにこの世界をコントロールしたがりません。何がおきても泰然自若《たいぜんじじゃく》としています。このような人を苦しませたり、悩ませることはたとえ神様であってもできません。

テーマ2：人間は二つの対立軸の中で悩む

～ドヴァンドヴァ（二つの対立）の話～

しかしクンティーの子（※アルジュナのこと）よ、物質との接触は、寒暑、苦楽をもたらし、来たりては去り、無常である。それに耐えよ、アルジュナ。（第2章14節）

「お昼ごはん、何を食べようか？」と、なかなか決まらないことってありますよね。

- お蕎麦は身体によいけど、お腹が減ってしまいそう……
- とんかつはおいしそうだけど、カロリーが気になる……
- お寿司は大好物だけど、今月のお小遣いが気になる……

どの選択肢もメリットとデメリットがあるため、なかなか決められません。「悩み」というほど深刻ではないですが、私たちを迷わせているのは事実です。

ただ、これが人生における大きな決断を迫られる場面でしたらどうでしょう？

「転職したらやりたい仕事ができそう。けど、今よりも給料は大幅にさがる……」

「結婚をしたら幸せな生活が送れそう。けど、自由気儘な生活は続けられない……」

といった具合です。このように、私たちは「スカ

（喜び）」と「ドゥッカ（苦しさ）」の間で板挟みにあっているときに混乱がはじまります。**私たちの心には、二つの対立軸がさまざまな形で生まれます。それを、「ドンドヴァ」といいます。**この詩節では「寒暑（寒い・暑い）」や「苦楽（苦しい・楽しい）」が例として挙がっていますね。

極端な「寒さ」や「暑さ」は私たちに不快感を与えますよね。そのため、少しでも快適な状態にしようとして、暖房をつけたり、クーラーをつけたりと行動を起こします。何らかの行動を起こすことで「スカ（喜び）」を手に入れようとするのです。ただ、そうした行動が起こせないときがありますよね。たとえば、会社などで好き勝手に冷房をコントロールできないような場合です。

会社で設定されている温度がどうも低すぎて、体調が不調をきたしています。ただ、それを口にできない独特の雰囲気が職場にあるとします。そんな場合、どんどんとフラストレーションはたまりますよね。これでは、仕事を続けていくところではありません。最悪の場合、退社を余儀なくされるかもしれません。

このように「寒い・暑い」はささいなできごとのようですが、私たちを苦しめる大きな原因になります。ほかにも、

「成功・失敗」
「自分・他人」
「きれい・きたない」
「正しい・正しくない」
「ポジティブ・ネガティブ」

といった二つの対立軸から、私たちの苦しさは生まれてくるといわれます。言葉を変えていうと、**私たちが「苦しさ」を感じるとき、そこには何らかの対立軸が存在しているということです。**

「自分の考え」と「他人の考え」
「感情」と「理性」
「理想」と「現実」

といった具合です。それらを見極める知性を『バガヴァッド・ギーター』は与えてくれるのです。

「二極の対立軸」が苦しさの原因だったら、「好きや嫌いをなくせばいいの？」

もしかすると、そう考える人もいるかもしれませんね。確かに、「嫌いな人」がそうでなくなれば、私たちの「苦しさ」は姿を消していくはずです。ただ、これは口でいうほど簡単な問題ではありません。

> **感官**（※感覚器官）**には、それぞれの対象についての愛執と憎悪が定まっている。人はその二つに支配されてはならぬ。それらは彼の敵であるから。（第3章34節）**

とあるように、**私たちの感覚器官には「愛執と憎悪（好き・嫌い）」があらかじめ定まっているから**です。「持って生まれた性質」や「積み重ねられてきた経験」によって、それぞれに「好き・嫌い」が定まっているというのです。

好きな食べ物、はまっている趣味、応援している推しのタイプ……人によって「好き・嫌い」が異なるのは、その人に定まっているものが違うからです。それらを理性の力で「なんとかして好き嫌いをなくそう！」と企てても、なかなか困難であるということは、私たちの誰しもが一度は経験したことがあるでしょう。

『バガヴァッド・ギーター』が伝える「ブラフマンの知識」は、「好き」や「嫌い」といった二極の対立を超える知識だといわれます。なぜなら、**「好き・嫌い」は自分が勝手に**

つくりあげたものであることに、はっきりとした理解が及ぶようになるからです。

テーマ3：私たちを苦しめ、迷わせる原因
～カーマ（欲望）の話～

欲望、怒り、貪欲。これは自己を破滅させる、三種の地獄の門である。それ故、この三つを捨てるべきである。（第16章21節）

皆さんは、何か欲しいものがありますか？

「新しい洋服」「マイホーム」「人生のパートナー」……人によりさまざまな答えがでてくるでしょう。それらを手に入れることは、人生の喜びです。私たちは「欲しかったモノ」を手に入れることで、「しあわせ」を感じます。ただ、こんな考えが頭をよぎることはありませんか？

「何かを手に入れることで『しあわせ』を感じるのは確か。ただ、それがいつまでも長続きしないのはなぜ？」

- 新しい服を手に入れると、「しあわせ」は味わえます。ただ、しばらくするとその喜びはどこかにいってしまいます。そして、次のシーズンにはまた新たな服が欲しくなります。
- マイホームを手に入れると、「しあわせ」を感じることができます。ただ、いずれは水回りや外壁にガタがきて、修繕の問題がやってきます。また、お隣が立派な家を新築しようものなら、自分の家と比較してしまって心穏やかではありません。

三毒
貪瞋痴

※仏教にも三毒（むさぼり、怒り、無知）という似たコンセプトがあります。

こうしたことの原因は、私たちの**「カーマ（欲望）」**にあります。

「自分自身の真実」を理解するためには、**「欲望」を正しく理解し、自分のコントロール下に置かないといけません。**なぜなら、冒頭の詩節で「欲望、怒り、貪欲」は「地獄の門」と喩えられているように、欲望は人を破滅にまで追い込んでしまう激しい力があるからです。

私たちは、欲望を満たすと喜びを感じます。

ただ、一つ達成すると次の欲望が生みだされることがごく普通にあります。食べ放題のバイキングで食欲がとまらなくなるのは、分かりやすい実例しかもしれませんね。「これでおしまい」にならないのが、欲望がもつ性質です。

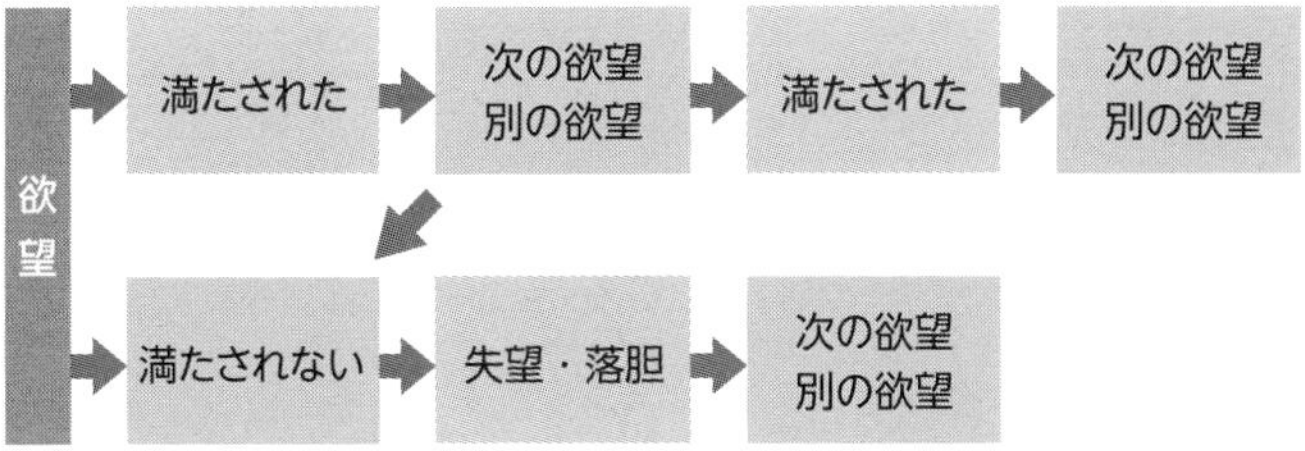

一方で、欲望が満たされないと落胆や失望を感じます。それらが、「なぜ、うまくいかないんだ」という自暴自棄や、「あいつさえいなければ」と他人へ向かうこともあります。このように一度火がついてしまった欲望の火は、なかなか鎮火しません。

満たしても満たされなくても、不満の種となるのがこの「欲望」です。そのため、自分の「欲望」をしっかりと抑えることが大切だとくり返しいわれるのです。

自ら自己を克服した人にとって、自己は自己の友である。しかし自己を制していない人にとって、自己はまさに敵のように敵対する。（第6章6節）

「自己はまさに敵のように敵対する」とは名言ですね。**「欲望」の取扱い方によっては味方にも、敵にもなるのが自分自身**だというのです。

人間は生まれたからには、何かしらの行動をしないわけにはいけません。その原動力となるのが欲望です。欲望がなければ社会的な活動もできませんし、正しい方向付けがなされると、人間にとって有益にはたらきます。決して、困るものではありません。

ただ、**欲望はどうしても過剰にふくらんでいく性質を持っています。**


火が煙に覆われ、鏡が汚れに覆われ、胎児が羊膜に覆われるように、この世はそれ（欲望、怒り）に覆われている。（第3章38節）

欲望でいっぱいになってしまった私たちの心が、ここでは「煙」「汚れ」「羊膜」と喩えられています。

本来は純粋な状態の心に、「欲望」がベールのように覆ってしまっている（＝本当の自分を見ることができなくなっている）ということです。

そのような状態では、**「何が正しくて、何が正しくないか」や「何をすべきで、何をすべきでないか」が見えてきません。**ましてや、**「自分とはなにか？」もよく分かりませ**

ん。濃霧の中をガイドなしに歩いているかのようなものです。

「欲望」をしっかりとコントロール下に置いた人は、これとは正反対です。

心は落ち着き、「やるべきこと、やるべきでないこと」をしっかり見極められています。欲望にひっぱられて何かを得ようとしたりしません。そのため、必要でないものを追いかけようとしません。

「ヨーガの教え」を通して少しずつ自分によい習慣をつけていくこと。それが、欲望

欲望でいっぱいの心は、汚れてしまった鏡のようなもの
「自分自身の真実」がきちんと映りません

を制御下におくための秘訣です。そこには魔法の方法はありません。時間をかけて自分をつくりあげていく熱心ささえあれば、自分自身が味方になってくるというのです。

テーマ4：欲望はどこからやってくるか？
～5つのインドリア（感覚器官）の話～

人が感官の対象を思う時、それらに対する執着が彼に生ずる。執着から欲望が生じ、欲望から怒りが生ずる。（第2章62節）

怒りから迷妄が生じ、迷妄から記憶の混乱が生ずる。記憶の混乱から知性の喪失が生じ、知性の喪失から人は破滅する。（第2章63節）

アイスクリームを一口だけ食べようと思ったが、気がつくと一つ平らげていた。そんなことって日常的にありますよね。これは、「食べたい！」という「カーマ（欲望）」に私たちがコントロールされてしまったということです。

アイスクリーム程度であれば、まだかわいいものです。ただ、時に私たちの欲望はブレーキの効かないダンプカーのように暴走をはじめます。『バガヴァッド・ギーター』ではこのような人間の姿を、冒頭の詩句のように鮮やかに表現しています。

現代は、「欲望を満たすこと」を最大限に肯定しますよね。「理想の自分になること」「欲しいものを手に入れること」が「しあわせ」をもたらしてくれる……大多数の人は特に疑問を感じることなく、そんな考えを受け入れています。ただ、『バガヴァッド・ギーター』が伝える知識は、**「欲望」は「怒り」や「破滅」の入り口になりうるということ**です。

まれに、ストーカー行為から殺傷事件に及んでしまうニュースを目にすることがあります。こうした悲惨な事件もはじめは「なんとなく好きだな……」というささやかな感情からはじまったのかもしれません。それが次第に「あの人の近くにいたい」という執着へと変わり、挙句の果てには「何としてでも思い通りにしたい」という強い欲望へと育ち、そして、自分をコントロールできなくなってしまった……。

私たちができるのは、こうした激しい行動をも引き起こしてしまう「欲望」の実態を正しく知ること。なぜなら、しっかりと知ることで欲望を制御することが可能になってくるからです。ここでは、そんな「欲望」が生まれるしくみについて見ていきましょう。

〈欲望が生まれるしくみ〉

①私たちは、5つの感覚器官(インドリア　目・鼻・耳・口・触)を使って、外部の対象物を知ろうとします。**知覚**

②過去の記憶と照らし合わせて、それが何かを把握しようとします。**認識**

③**認識**と同時に、私たちの心から**判断**がおこります。**判断**は3種類に分けられます。①「喜びを与えてくれるもの（スカ）」②「苦しさや痛みをもたらすもの（ドゥッカ）」③「スカでもドゥッカでもないもの」です。

④「スカ」は「もっと欲しい」という執着の原因となります。反対に、「ドゥッカ」は「もっと離れたい」という執着の原因となります。

⑤この「スカ」と「ドゥッカ」への執着が、私たちの「欲望」の原因です。

図で示すとこのような形になります。

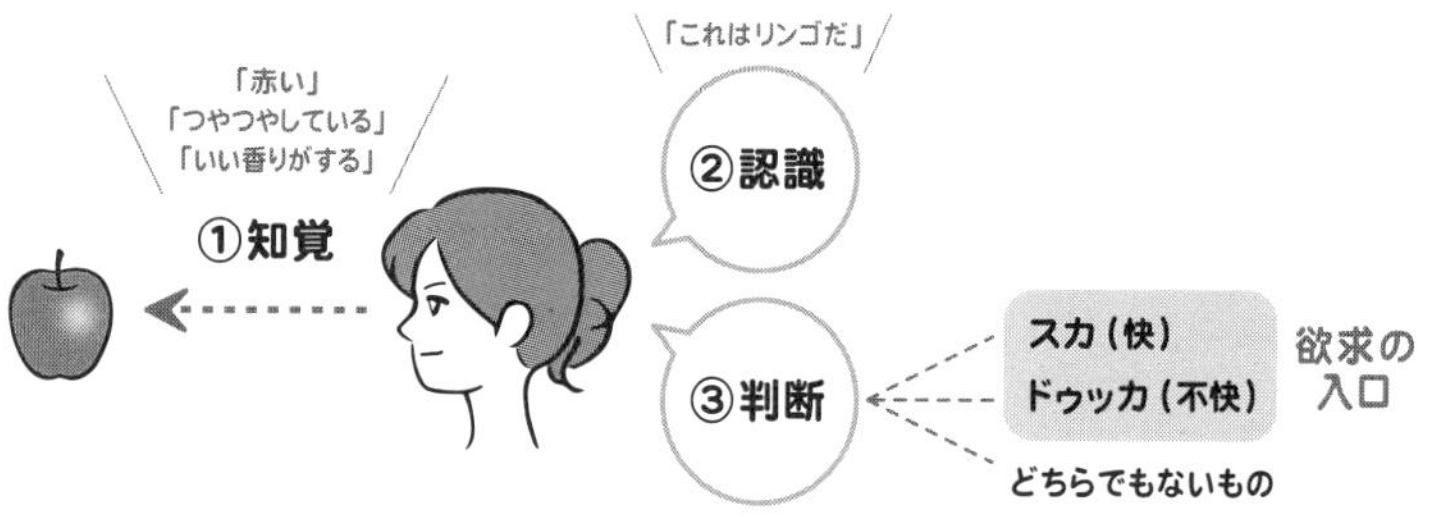

①五感による【知覚】→②【認識】→③【判断】

↓

スカ（喜びを与えてくれる）→④執着→⑤欲望

ドゥッカ（苦しさや痛みをもたらす）→④執着→⑤欲望

私たちの五感は、暴れる馬にもたとえられます。

にんじんを目の前におかれると、馬は一目散に向かっていきますよね。同様に、**五感も対象物に貪欲に向かっていく性質がある**といわれます。

ついついスマホに目をとめてしまったり、他人の噂話が気になるのは、目や耳という「馬」が「もっと見たい！」「もっと聞きたい！」と暴れはじめているからだというのです。

すべての感官を制御して、専心し、私に専心して坐すべきである。感官を制御した人の智慧は確立するから。（第2章61節）

目で見るもの、耳で聞くもの、口で味わうもの、鼻で嗅ぐもの、手や身体をつかって触るもの……きちんと歯止めをかけることの大切さがここでは説かれています。

「五感という馬」は、きちんとたづなを持ってコントロールできれば、世界を正しくとらえるための道具として活用できます。反対に、好きなようにさせておけば、「主人」である私たちをとんでもない方向へと連れて行ってしまいます。

実に、動き回る感官に従う意《こころ》は、人の智慧を奪う。風が水上の舟を奪うように。（第2章67節）

人間には、知性と自由意志があります。これらは、ほかの動物にはそなわっていないものです。「知性」と「自由意志」の力をつかって「欲望」という敵をコントロールするのは、人間だからできること。そうでないと、「智慧を奪う」とここでは語られています。

「欲望をコントロールすることはよく分かりました。ただ、それだと人生が楽しくないんじゃないですか？」

「欲望」の話をすると、こういう質問がでてくることがあります。確かに、欲望を満たすことは「しあわせ感」をもたらしますから、こういう疑問がでてくることも分からなくはありません。

ただ、**「ヨーガの教え」が確立した人は、「欲望」を満たし続ける生き方を望みません。**なぜなら、**「欲望」は喜びだけでなく、苦しみさえも運んでくる**からです。そして、**自分にとって本当に大切なものの前では、「欲望」の喜びは永遠ではない**からです。

『バガヴァッド・ギーター』は、私たちが「あたりまえ」と感じているものに疑問をなげかけてきます。この「欲望」に関しても「喜びの側面」だけでない「苦しみの側面」を分かりやすく伝えてくれるのです。

テーマ5：世界は3つの性質からなりたっている
～グナ（質）の話～

実に、一瞬の間でも行為をしないでいる人は誰もいない。というのは、すべての人は、プラクリティ（根本原理）から生じる要素《グナ》により、否応なく行為をさせられるから。（第3章5節）

「あの人は社交的な性格だ」
「私は控えめなタイプで……」

こうした表現があるように、私たちは一人一人性格が違いますよね。お釈迦様のような温和な性格の人がいるかと思えば、自分だけがよければいいという強欲な人もいます。

「仏様のような性格」や「まるで悪魔のようだ」といった言葉があるように、『バガヴァッド・ギーター』にも人の性質をあらわす**「デーヴァー（神）的な資質」と「アスラ（阿修羅）的な資質」**の二つの言葉があります。そして、それらの特徴が列記されています。

●神的な資質

心性の清浄、自制、不殺生、怒らぬこと、静寂、中傷しないこと、貪欲でないこと、温和、落着き、高慢でないこと……（第16章1～3節より抜粋）

●阿修羅的な資質

偽善、尊大、高慢、怒り、粗暴、無知。以上は阿修羅《アスラ》的な資質に生まれたものに属する。アルジュナよ。（第16章4節）

では、果たしてこうした資質の違いはどこからやってくるのでしょうか？　なぜ、人によってさまざまな性質が生まれるのでしょう？

これをひもとくのが、「グナ（質）」という考え方です。「グナ」とは、世界や人間を構成している性質のようなもので、３種類あるといわれます。

サットヴァ（純質）……すがすがしく、清浄さを司る性質
ラジャス（激質）……活動したり、動いたりするはたらきを司る性質
タマス（鈍質）……休んだり、固まったりするはたらきを司る性質

この世界のあらゆるものは、３つのグナの組み合わせでできているといわれます。もちろん、私たち人間の身体や心も例外ではありません。

山や海といった大自然に触れると、すがすがしさを感じますよね。また、神社や仏閣を参拝したときに感じる心地よさや、人のためになることをした時も同様です。こうした時の心は**【サットヴァ】質が高まっている**といわれます。

時には、次々と仕事をこなしたり、気分がハイテンションになっている時がありますよね。こうした活動的な状態の時の心は、**【ラジャス】質が高まっている**といわれます。頭であれこれ考えて気持ちが休まらない、そわそわして落ち着かないなどといった時も同様です。

また、何をやろうにもやる気が起きないときがありますよね。体が疲れて眠気が襲ってきたりする時や、なかなか起きられなかったり、出不精になっている時なども

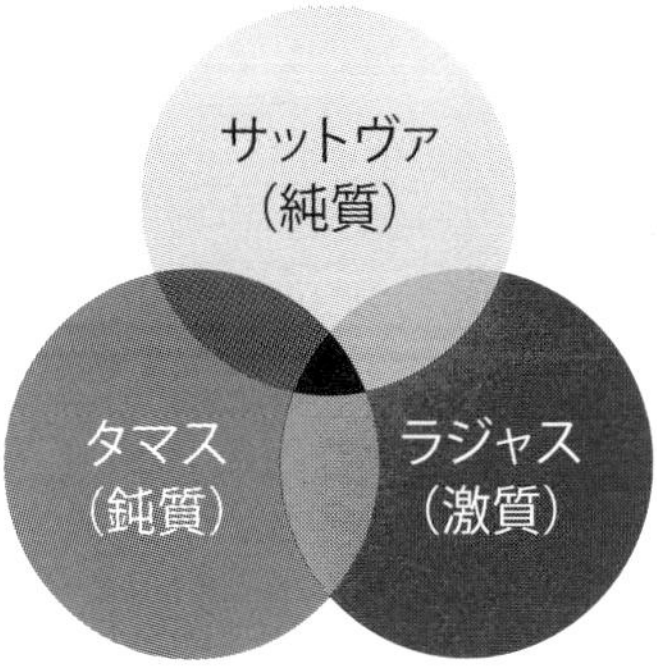

世界を構成する3つのグナ

同様です。こうした状態の心は**【タマス】質が高まっている**といわれます。

この3つのグナが組み合わさって、人の心や気分をつくります。それは、三つの色（赤・青・黄）ですべての色がつくられているかのようなものです。グナの組み合わせは**人によって違うばかりか、この一瞬一瞬も変化している**といわれます。このグナの配分によって、何かしらの行動へと私たちは駆り立てられるのだといいます。

純質（※サットヴァ）**は幸福と結合させ、激質**（※ラジャス）**は行為と結合させる。一方、暗質**（※タマスのこと）**は知識を覆って、怠慢と結合させる。（第14章9節）**

サットヴァ質が高まると、人は「しあわせ」を内側から感じはじめます。満ち足りて、平安な心の状態です。ラジャス質が高まると、人は「行為」に駆り立てられます。「あれもしなくちゃ、これもしなくちゃ」というモードになってしまいます。タマス質が高まると、人は「怠惰」に陥ります。「だるくて何もする気が起きない」「面倒くさくてかったるい」となってしまいます。

そして、それらの質の強さが、私たちの人生のあり方にも影響してくるといわれるのです。

純質から知識が生じ、激質から貪欲が生ずる。暗質から怠慢と迷妄が生じ、また無知が生じる。（第14章17節）

※引用元（『バガヴァッド・ギーター』上村 勝彦著（岩波文庫））では、「鈍質」は「暗質」となっておりますので、（第14章9節）、（第14章17節）ともに準拠いたしました。この二つの語は同類の意味を持ちます。

サットヴァ質が高い人にとっては、**自分についての知識を深めるのが「しあわせ」**です。パーティーに連日のように足を運んだり、一日中寝ているようなことは苦痛でしかありません。

ラジャス質が高い人にとっては、**あれこれと求め続けることが「しあわせ」**です。新しい人間関係をつくったり、刺激的な体験を一つでも多くすることに喜びを感じます。

タマス質が高い人にとっては、**怠惰でいることが「しあわせ」**です。一日中寝ていたり、嗜好品にふけっていたりすることに喜びを感じます。自分やこの世界に対して興味をもつこともあまりしません。

『バガヴァッド・ギーター』を理解するために必要な知性や心は、サットヴァ質が優勢になったときにもたらされます。『バガヴァッド・ギーター』にはお祈りや布施の方法から、日常生活の過ごし方、食べるものに至るまで、サットヴァ質を高めるための方法がさまざまな形で示されています。

テーマ6：自分という容れ物をしっかりと焼く
～タパス（苦行）の話～

愛執、恐怖、怒りを離れ、私に専念し、私に帰依する多くの者は、知識という苦行（熱力）によって浄化され、私の状態に達する。（第4章10節）

「よし、明日から早起きをしよう！」と、そんな目標を立てるとします。毎朝、出勤前に瞑想を行って、落ち着いた日々を送ろうと決心したとします。

翌朝、目覚まし時計のベルがけたたましく鳴ります。最初は「なぜ、こんな時間に？」と寝ぼけていて状況が分かりません。しばらくすると、昨晩たてた決意が甦ってきます。

「あ、そういえば、早起きするって決めたんだった……」そこから、心の中で戦いがはじまります。「もうちょっと寝ていたい……」という自分と、「早起きしようと決めたしな……」という自分との戦いです。感情と理性とが、体の中で戦いをはじめます。

そんな時に、意を決して思い切って布団の中からでてみる。**「よし！」と自分で決めたことに向けて自分を奮い立たせてみる。タパスとはこうしたことをいいます。**

冒頭の詩節でタパスは「苦行」と訳されています。そのため、人によってはおどろおどろしく聞こえるかもしれませんが、**「決めたことをやりぬくこと」**という意味でとらえるといいかと思います。

私たちは、決めたことを守り続けることがなかなかできません。早起きすること、本を読むこと、暴飲暴食を控えること、運動をして身体を動かすこと……やらないよりもやったほうがいいのはよく分かっています。ただ、それを実践しようとすると自分の中から誘惑の声がささやきはじめます。

「一日くらいサボっても大丈夫だよ……」
「続けても意味がないんじゃないか……」
「来週からスタートすればいいかな……」

という具合です。

そんな時に、**意を決して「決めたこと」にきちんと意識を向けてみる。そうして実際に動いてみる。**インドのある教典によると、そのように行動することで私たちの中に**一種の「熱」が発される**といいます。その熱が生まれることにより、私たち自身が焼かれ、鍛えられるというのです。

たとえば、粘土で土器をつくっても、そのままでは道具として使うことはできませんよね。柔らかい状態の粘土に水をいれれば、たちどころに穴があいてしまうでしょう。粘土でつくった土器を道具にするためには、窯に入れて火で焼くことが欠かせません。そうしてはじめて器としての強さを持つことができます。

同じように、**タパスをしていない状態の人間は「焼いていない粘土のようなもの」**とされます。

早起きも、読書も、ある程度の習慣づけが必要です。最初は誰だって感情に流されてしまいます。それが数か月もしていくと、「理性」が「感情」をしっかりとコントロールできる場面が増えてきます。そのうち、「がんばろう！」と意識しないでもできるようになっていきます。

このように、「タパス」を通じて少しずつ自分という器を鍛えていく必要があるのです。

タパスは、「苦行」と翻訳されていますが、断食を続けたり、火の上を歩いたりするようなことではありません。実際、『バガヴァッド・ギーター』ではこうあります。

食べすぎる者にも、全く食べない者にも、睡眠をとりすぎる者にも、不眠の者にも、ヨーガは不可能である。（第6章16節）

適切に食べ、適切に眠ることなしには、ヨーガどころではありません。身体や精神に無理な負担をかけた状態では、仕事や家庭での役割を果たすこともできません。自分という器を鍛えていくには、きちんとした生活を送りながら、自分が決めたことをきちんと積み重ねていくことが必要だというのです。

それが、「ブラフマンの知識」を理解するための準備になるというのです。

テーマ7：続けていれば、いつかは理解できる
～アッビャーサ（継続的な練習）の話～

勇士よ（※アルジュナのこと）、確かに意《こころ》は動揺し、抑制され難い。しかし、それは常修と離欲とによって把促される（第6章35節）

「『バガヴァッド・ギーター』を読んだけど、まったく理解ができなかった」

インド哲学の勉強会をしていると、たびたびそうした意見を聞きます。せっかくチャレンジしたのにちょっと気持ちを挫かれますよね。

私が『バガヴァッド・ギーター』をはじめて手にした頃も同じような気持ちを味わいました。

「この世界で知るべきことが書かれている」だとか「インドが世界に誇る聖典」というフレーズに興味をもって手に取ったものの、内容がまったく頭に入ってきません。

もとより、「なぜこの本がそんなに評価をされるのか？」がよく分かりません。その結果、せっかく手にした『バガヴァッド・ギーター』ですが、冒頭の数ページを読んだだけで、その後数年間は本棚に積んでおかれたままになっていたものです。

インド哲学を学んでいると、**「本当に、自分はこれを理解できるのか？」**という気持ちになることがあります。聞いたことのない言葉が次々とでてくると、「あれも知らない、これも知らない」となってしまい、途方に暮れてしまいます。「これこそが正しい」と思っていたことが、「もしかしたら、そうではないかも……」と思い知らされることもあります。そのギャップに面食らうことも起きます。

そして、インド哲学の中心的なテーマの一つである**「心」をきちんとコントロールすることがなかなかできません。**

考えてもどうしようもないことに心を向けてしまったり、恐れや不安からくる心の動揺がおさまらないときもあります。**心をコントロールすることの大切さは、しっかり理解できているつもり。けど、実際にそれができないジレンマ**です。

それは、『バガヴァッド・ギーター』におけるアルジュナも同じだったようです。

実に意《こころ》は動揺し、かき乱し、強固である。それは風のように抑制され難いと私は考える。（第6章34節）

当時を代表する勇敢な戦士・アルジュナですら、心を抑制することは難しいというのです。ここで、心を「風のよう」とたとえているのが、興味深いですね。さわることも、見ることもできないのに、ここに必ずある。風も心も一緒なのです。

この問いかけに対してクリシュナは冒頭の詩節を語ります。アルジュナの考えを「確かに」と受け入れたうえで、**「常習」と「離欲」とが大切**だとクリシュナはいうのです。

「常習」とは**「アッビャーサ」**といわれます。文字通り「常に習うこと」です。**心のは**

たらきをコントロールする秘訣は、「学びや実践を続けること」だということです。とてもシンプルですが、深い言葉ですよね。

私の先生はよくこう口にされました。

「今日分からなくても、来週には分かるようになるかもしれない。」
「来週分からなくても、来月には分かるようになるかもしれない。」
「来月分からなくても、来年には分かるようになるかもしれない。」
「ですので、理解できるようになるまで諦めずに続けてください。」

これを聞いた時に、「すぐに理解しなくちゃ」というプレッシャーから解放されたような気分を味わいました。学生時代の試験勉強を例にだすまでもなく、**私たちは「すぐに成果を求められる勉強」に慣れてしまっています。**

けど、『バガヴァッド・ギーター』が伝えるのは**「続けていれば、いつかは分かるよう**

になる」というシンプルな教えです。逆にいうと、理解したいのなら拙速に成果を求めずに、学びを続けなさいということです。

「離欲」とは、**「ヴァイラーギャ」**といわれます。「ブラフマンの知識」を学び続けたものが得られる、**冷静さや落ち着きのようなもの**です。

「あれも欲しい、これも欲しい」「これもしたい、あれもしたい」と落ち着きのない心には、「本当に大切なもの」や「自分がすべきこと」を見極めることができないといわれます。

「人生で大切なものでないもの」や「自分がす

べきでないこと」を一生懸命に追いかけてしまっては、せっかくの時間やエネルギーを消耗してしまい、「ブラフマンの知識」どころではありません。

こうした「大切なものを見極める力」は、冷静さや落ち着きをもつことから生まれます。これらは持って生まれた才能ではなく、**「アッビャーサ（継続的な練習）」を通して、獲得されていくもの**だというのです。

「インド哲学ってなかなか理解できなくて……」という人こそ、「学び続けること」にフォーカスしてみるとよいかと私は思います。結果はきっと、あとからついてくるのです。

テーマ8：やるべきことをやりきる
～ダルマ（義務・法・調和）の話～

それ故、執着することなく、常に、なすべき行為を遂行せよ。実に、執着なしに行為を行えば、人は最高の存在に達する。（第3章19節）

「人生は楽しんだもの勝ちだ！」という考え方がありますよね。美味しいものを食べ、欲しいものを集め、気の合った仲間たちと交流をくり返す……。それらは確かに人生の喜びの一側面です。たくさんの「しあわせ」をもたらしてくれます。

ただときに、「それだけが人生じゃないんじゃない？」と疑問が湧くときがあります。

- 人間の小さな身体では、地球上の美味しいものを食べ尽くすことはできません
- 欲しいものを手に入れれば入れるほど、「手にしてないもの」が気になります
- 仲間は喜びをもたらしてくれますが、時にトラブルや面倒も運んできます

●楽しみを追えば追うほど、より刺激のつよい楽しみが欲しくなってきます

こうした自問自答をした人がごく自然に求める生き方、それがダルマです。

「義務」「法」「調和」「正義」などさまざまな意味で翻訳されます。一言で表現するのは少し難しいですが、

●**世界と調和したことを行う**

●**やるべきことをする**

のがダルマです。

私たちは通常、「やりたいこと」をしがちですよね。自分にとって喜びをもたらすことを追い求め、不快や苦しさをもたらすことを回避してしまいがちです。これに対してダルマは、**「やるべきこと」をやる生き方**です。

私たちの前にはたくさんの「できごと」がやってきます。

- 会社で新しい仕事を任された
- 「相談にのってもらいたい」と友人からメールがきた
- 「健康状態が今一つで……」と親からSOSが入った

「喜びをもたらすこと」と「苦しみをもたらすこと」が、さまざまな形でやってきます。
そうした「できごと」に対して、**「好き嫌い」は脇に置いておいて「やるべきこと」を行うのがダルマ**です。それをこの詩節では「執着なしに行為を行」うと表現しています。

さらに、ダルマはこう説明されます。

自己のダルマの遂行は、不完全でも、よく遂行された他者の義務《ダルマ》に勝る。自己の義務に死ぬことは幸せである。他者の義務を行うことは危険である。（第3章35節）

人生で起きることは、一人一人違います。教育熱心な家庭に生まれる人もいれば、自由奔放な親の元に育つ人もいます。何一つ不自由ない幼少時代を送る人もいれば、お金や病気に苦労する人もいます。好きな仕事を見つけられる人もいれば、仕事につくことすら難しい人もいます。

このように、**Aさんには Aさんの、Bさんには Bさんの「できごと」が起こります。そして、その中で**

それぞれの「やるべきこと」があります。

ただ私たちは、**自分の「やるべきこと」を脇に置いておいて「他人のやるべきこと」に手をだしてしまったりします。**この詩節はそうしたことを戒めています。その上で、**自分自身が「やるべきこと」は不完全であってもきちんと遂行されるべきだ**と語られるのです。

私たちがこの人生で直面すること。それらは、この世界の大きな摂理のはたらきによってもたらされたことです。その事実をしっかりと受けとめて、逃げずにやりきること。それが、世界と自分とを調和させた生き方になるというのです。他の人が「やるべきこと」と自分が「やるべきこと」を混同してはなりません。私たちはこの世界で自分という役割しか演じることができないのです。

悲哀のために本性をそこなわれ、義務《ダルマ》に関して心迷い、私はあなたに問う。どちらがよいか、私にきっぱりと告げてくれ。（略）（第2章7節）

アルジュナは戦場で「戦うべきか、戦わざるべきか？」で悩みます。それは「ダルマに悩んでいる」ということです。私たちもアルジュナのように「やるべきこと」を迷います。

自分の中で「感情」と「理性」とが戦ったり、「AかBか」という二つの選択肢の狭間で迷います。それらが、「苦しみ」となって私たちに牙をむいてきます。

ただ、「ブラフマンの知識」を理解することにより、私たちの中でこうした迷いがなくなってきます。なぜなら、**「自分とは何か？」が分かることで、「やるべきこと」と「やるべきでないこと」がクリアに見えてくるからです。**

そのような人が行うごく自然な振る舞いは、ことごとくダルマに調和したものになってくるといわれます。

テーマ9：アートマンは生まれかわりをくり返す
〜サムサーラ（輪廻）の話〜

人が古い衣服を捨て、新しい衣服を着るように、主体（※アートマンのこと）は古い身体を捨て、他の新しい身体に行く。（第2章22節）

「人は死んだらどこへいくのだろう？」そんなことを考えたこと、皆さんはありませんか？

私は子供の頃から、たびたびこの疑問が湧いてきました。なぜか、テレビでお笑い番組をみている時などに「ふっ」とやってくるのです。そして、「ああ、この楽しい時間もいつか終わるんだろうな……」と思ったものです。ただ、子供の頭で考えられることには限界があります。

● 天国や地獄に代表される「ここことは別の空間」へいく

● 真っ暗闇で何も聞こえない空間へいく

● 夜空の星の一つになる

……いろいろと考えてはみるものの、そこから先にはなかなか進めません。そして、誰にも聞けないまま、月日だけが流れ去りました。

ただ、大人になったからといって答えが分かったわけではありません。ですが、ご縁ある方の訃報に接する機会が増えるに従って、死はリアルな姿を少しずつ現しはじめます。けれど、それがどのようなものかは誰も教えてくれません。

『バガヴァッド・ギーター』では死んだ後の世界について、冒頭の詩節のように伝えています。**私たちが亡くなると、アートマンが身体を離れ、新しい身体を得て生まれ変わる**のだといいます。

この詩節で、身体は「衣服」にたとえられています。身体にとことん執着しがちなのが人間ですが、実態は、アートマンが一時的にまとう衣服のようなものだということです。私たちの死後、**新しい衣服を着て街にでるかのように、新しい体で次の人生がはじまる**というのです。

ただ、「生まれ変わる」といっても、必ず好きな形で生まれるわけではありません。「次はお姫様になりたい！」や「大金持ちに生まれ変わりたい！」などは、ファンタジーとしてはありうるかもしれませんが、『バガヴァッド・ギーター』が伝える事実とはことなります。

今よりも高い次元（天界など）に生まれ変わる可能性もあれば、今よりも低い次元（動物界など）に生まれ変わる可能性もあるといいます。もちろん、人間の世界に生まれ変わる可能性もありますが、それすらも確約することはできません。それぞれが、今までに行ってきたカルマに従って、次の人生が決まるということです。

主（※アートマンのこと）が身体を獲得し、また身体を離れる時、彼はそれら（の感官）を連れていく。風が香りをその拠り所から連れ去るように。（第15章8節）

今の人生で集めたものは、次の人生に持っていくことはできません。お金やモノ、仲間や家族はこの人生に置いていかないといけません。ただ、**この人生で味わった「感官」を次の人生に引き連れていくことはできる**といいます。「感官」

とは、**これまでに行ってきたカルマで、まだ結果がもたらされていないもの**と考えるとよいでしょう。これらがアートマンに引き連れられて、次の身体へと入っていくというのです。これが、生まれ変わりということです。

私たちは死について分からなくても、生きていくことはできます。ただ、「必ずいつか訪れるけど、よく分からないもの」がこの人生にあることは、いいようのない不安や恐れを起こさせます。そうした不安や落ち着きのなさから、私たちは「行動」に駆り立てられるのだといいます。

「不安や恐れを解消できそうな何か」を追い求めることで、私たちはつかの間の「しあわせ」を感じることができます。ただ、それらをいくつも集めたところで、抜本的な解決にはなりません。

「私たちはどういう存在か？」について理解が及べば、それらを探してあれこれと忙しく動き回る必要がなくなってきます。なぜなら、それは自分の外側にではなく、私たちの内側にあることが疑いのない事実として理解されるからです。

テーマ10：この人生で私たちが目指すもの
～モークシャ（自由）の話～

アルジュナよ、これがブラフマン（梵）の境地である。それに達すれば迷うことはない。臨終の時においても、この境地にあれば、ブラフマンにおける涅槃に達する。（第2章72節）

「何一つ不自由ない生活を送りたい」

よほど偏屈な人でもない限り、ほとんどの人はそう思うはずです。**「不自由ない」とは安心であり、平穏であるということ。自由を束縛するものがないということ**です。

そのため、少しでも「不自由さ」を解消しようとして、私たちはさまざまな行動をします。

たとえば、「お金をたくさんためる」ことに価値を見いだす人がいます。確かに、たくさんのお金があれば「不自由さ」が解決されることが増えてはきます。生活を便利にする道具を買ったり、困ったことがあっても専門家の力を借りることもできます。

ただ、**お金をたくさん集めても、終着駅がありません。**「もっと、もっと」と求め、それを獲得するための行動をエンドレスにしつづけることになります。このように、お金やモ

ノを集めることに人生の軸足を置くと、永遠に終わりのない旅にでることになります。

（略）次に、ヨーガ（実践）における知性を聞け。その知性をそなえれば、あなたは行為の束縛を離れるだろう。（第2第39節）

私たちは「不自由さ」を解消しようとして、さまざまな「行い」をしています。**そうすることで、ますます「不自由さ」という落とし穴に入っていく……。それが「行為の束縛」**ということです。

たとえていうなら、喉の渇きをいやすために、海水を飲んでしまった漂流者ようなものです。つい我慢できずに海水を口にしてしまうことで、更なる渇きがやってきます。その喉の渇きは、

【行為の束縛】

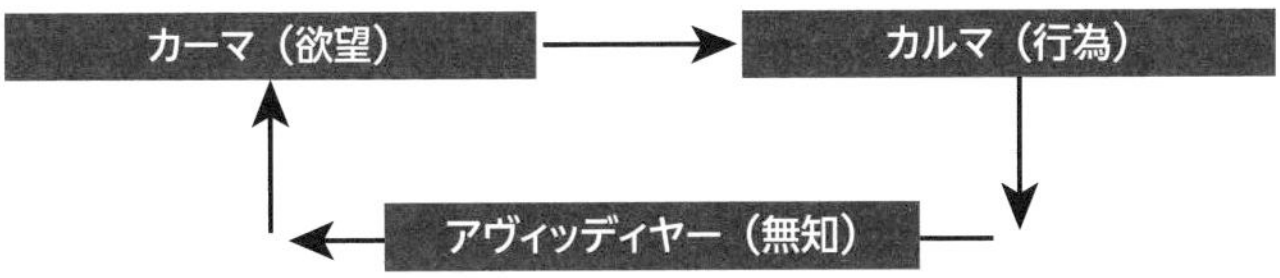

自分自身の真実を知らない（無知）から行為の束縛がはじまります

「飲みたい！」という欲求を刺激しはじめます。仮に、もう一口海水を飲んでしまえば、さらに大きな苦しみがやってきます。

若干オーバーなたとえかもしれませんが、私たちはこうした「行為の束縛」の連鎖に縛られています。**「ブラフマンの知識」は、そんな「行為の束縛」の連鎖から離れる知識**だということがこの詩節では示されています。

では、どのように「行為の束縛」を断ち切ればよいのでしょう？　それは、**「私たちの本質」はアートマンであることを理解すること**です。

● 目や耳といった感覚器官や心、知性や感情をはたらかせる意識の源。それが、アートマンです。
● 自分を苦しめるような「できごと」が起きても、私たちの中でただそれを見つめている永遠不滅の存在。それが、アートマンです。

●感情でも、心でも、肉体でもない、「私たちの本質」。ただ、それだけで至福（アーナンダ）な存在であるもの。それこそが、アートマンです。

ただ、私たちは勘違いをしています。

「自分は安全ではないのではないか？」
「自分は何か足りないのではないか？」

こうした思いからなかなか逃れることはできません。**なぜなら、自分自身をアートマンではなく、「心」や「感情」、「肉体」であると考えてしまっているから**です。

「心」も「感情」も「肉体」も、常に移り変わる性質があります。悲しんだり、喜んだり、悔んだり、老いたりと常に変化をし続けます。このように**「安定してないもの」に自分の軸足を置くと、私たちは不安定になってしまいます。**

そのため、「安定をもたらしてくれるものを獲得したい」「自分に足りないものを埋めたい」という欲求が生まれはじめます。そしてそれらを手に入れようと、何らかの行為をしはじめます。このような**欲求と行為の連鎖から、「行為の束縛」が生まれていくという**のです。

「そんな自分って不自由じゃない？」

『バガヴァッド・ギーター』はそんな問いかけを私たちにしてくれるのです。

戦場で悲しむアルジュナに対し、クリシュナが再三にわたって口にする言葉があります。それは**「嘆くべきではない」**という一言。以下に引用してみましょう。

彼（※アートマンのこと）は顕現せず（認識されず）不可思議で、不変異であると説かれる。それ故、彼をこのように知って、あなたは嘆くべきではない。（第2章25節）

また、彼が常に生まれ、常に死ぬとあなたが考えるとしても、彼について嘆くべきではない。（第2章26節）

生まれた者に死は必定《ひつじょう》であり、死んだ者に生は必定であるから、それ故、不可避のことがらについて、あなたは嘆くべきではない。（第2章27節）

あらゆる者の身体にあるこの主体（※アートマンのこと）は、常に殺されることがない。それ故、あなたは万物について嘆くべきではない。（第2章30節）

病気やリストラといった、「苦しみをもたらすできごと」は避けようがないときがあります。そんなとき、感情や心は激しく動きはじめます。ただ、私たちの本質はそうした「感情」や「心」ではありません。私たちの中にあり、「感情」や「心」の動きをも観察している存在（アートマン）です。

人生には、痛みや苦しみを感じることが常におきます。だからといって、それが嘆くべき理由にはなりえません。「できごと」対して不平や文句を言ったり、無理に変えようとすること、そのことこそが「悲しさ」のはじまりであり、「嘆くべき理由」へとなります。そもそも、**「嘆くべき理由」がないところに「嘆くべき理由」を見てしまっていること**、それこそが一番の問題です。

アートマンを理解することで、「私は安全ではない」という恐れからも、「私は何か足りていない」という欠乏感からも自由になるといわれます。

この何物にも束縛されない「自由」。これこそが、私たちがこの人生の中でもとめてやまなかったことだと『バガヴァッド・ギーター』では説かれるのです。

コラム3　人間に苦しみをあたえる6つの敵

「怒りは敵と思え」

江戸幕府を開いた徳川家康は、こう戒めたといわれます。

「怒りにまかせて犯行に及んでしまった」などという表現もあるように、「怒り」は時に激しい力で私たちに襲いかかってきます。

とはいっても、「怒らないように」「冷静に」とがんばってみても、なかなかうまくいきませんよね。

インド哲学において「怒り」は「クローダ」と呼ばれ、カーマ（欲望）から生まれるとされます。「ちゃんと私の話を聞きなさい！」と怒っている人の奥底には、「静かに話を聞いてもらいたい」といった欲望があるはずです。「あれだけ面倒みたのに！」と怒っている人の裏側には、「私は感謝されるに値するはずだ」という欲望が存在しているはず

です。逆にいうと、**欲望がなければ、怒りという感情が生まれようがありません。**

この**「カーマ（欲望）」**は、**「クローダ（怒り）」**以外にもさまざまなネガティブな感情**の生みの親**とされます。

カーマを代表とするこれらの感情は**「人間を苦しめる6つの敵」**といわれます。

① カーマ（欲望）

←

② クローダ（怒り）
③ ローバ（貪欲）
④ モーハ（執着）
⑤ マダ（高慢）
⑥ マーチャリア（嫉妬）

「カーマ（欲望）」をしっかりコントロールすることが、私たちに「ドゥッカ（苦しさ）」をあたえるネガティブな感情を取り除くことにつながるのです。

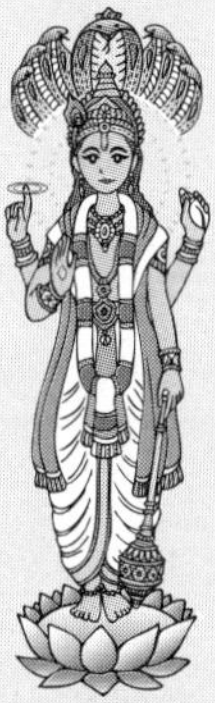

第５章

『バガヴァッド・ギーター』のQ&A

Q：クリシュナについてくわしく教えてください

A：『バガヴァッド・ギーター』の教えを伝えたクリシュナは、ヒンドゥー教における神様で、ヴィシュヌの化身といわれています。

伝統的にヴィシュヌは三神一体（トリムルティ）を構成する代表的な神様とされます。世界の創造を司る神様・ブラフマー、破壊を司る神様・シヴァに対して、ヴィシュヌ神は維持を司るといわれています。今、私たちが生活する世界が維持されているのは、このヴィシュヌのはたらきによるものとされます。

ブラフマー　ヴィシュヌ　シヴァ

化身とは、「ダルマ（義務・法・調和）」が衰えて悪が栄えたときに神様があらわす特別なお姿のことをいいます。「マハーバーラタ戦争」では、この世界に悪徳が栄える危機が起きました。そのため、ヴィシュヌがクリシュナとなって顕現したといわれています。『バガヴァッド・ギーター』にはこのような詩節も見ることができます。

実に、美徳《ダルマ》（正法）が衰え、不徳《アダルマ》（非法）が栄える時、私は自身を現わすのである。（第4章7節）

ちなみに、ヴィシュヌはクリシュナの他にもさまざまな化身としてこの世界に現れているといわれ、ヒンドゥー教の世界観では、仏教の開祖であるお釈迦様もヴィシュヌ神の化身であるとされています。

Q：『バガヴァッド・ギーター』には、日本で一般的に普及している「ヨガ」についても触れられているのでしょうか？

A：「ヨガ」と聞くと、独特の姿勢で行う運動を想像する人は多いと思います。これは、「アーサナ」と呼ばれ、ヨガの行法の一つです。呼吸法や瞑想をする上で、アーサナは欠かせません。なぜなら、体の緊張感がほぐれ、心が落ち着きやすい状態になっていくからです。

ただ、『バガヴァッド・ギーター』では「アーサナ」が触れられることはほぼありません。『バガヴァッド・ギーター』における「ヨーガ」は主に以下の4つを指します。

①カルマヨーガ（行いのヨーガ）
②ディヤーナヨーガ（瞑想のヨーガ）
③ジュニャーナヨーガ（知識のヨーガ）
④バクティヨーガ（信愛のヨーガ）

アーサナについての教えは、『バガヴァッド・ギーター』より後の時代に生まれたとされる「ハタヨガ」と呼ばれる教えにたくさん残されています。私たちがイメージするヨガは、『ヨーガスートラ』『ハタヨガプラディピカー』などのハタヨガの経典に基づいていることが多いようです。

Q：インド哲学やヨガは興味があるのですが、宗教っぽいような気がします……

A：『バガヴァッド・ギーター』は神様が語ったお言葉です。そこには、「自分とは何か？」「死んだらどうなるか？」などのテーマが語られています。そういう意味では、きわめて宗教的なものだととらえられるでしょう。

日本では、そんな宗教的なものにアレルギーを持つ方は少なくないようです。ただ、神社やお寺に参拝する人がこれだけいるのを見ても分かるように、宗教的なものそのものを毛嫌いしている人ばかりではないようにも思います。「教団組織が持つ不可解さ」や「強引な勧誘」「高額のお布施」といった一部宗教に対するイメージが、その毛嫌いの原因ではないでしょうか？

『バガヴァッド・ギーター』は自分のために学ぶものです。そのため、他人にすすめたり、

布教したりする必要はありません。むしろ、**自分の考えを無理やり他人に押し付けようとする行いは、他人を傷つける（ヒンサー）行為ともいわれ、推奨されるものではない**とされます。

そして、学んだ教えを活かすも活かさないも、自分に委ねられています。実際、クリシュナは『バガヴァッド・ギーター』の中ですべての教えを説いたあと、アルジュナに対してこういいます。

以上、私は秘中の秘である知識をあなたに説いた。これを残らず熟慮してから、あなたの望むままに行え。（第18章63節）

そこに示されているのは、「自分本位」の考え方です。人間が持つ自由意志をコントロールするような姿勢は一切見られません。

確かに『バガヴァッド・ギーター』に書かれている内容は宗教的かもしれません。ただ、そこには「強制」も「勧誘」も「布教」もまったく無縁です。それが、『バガヴァッド・ギーター』がもつ本来の世界だと思います。

インドでは伝統的に哲学と宗教とを分けて考えません。

「この世界をよりよく生きること」「死後の世界を考えること」「自分自身について知ること……」哲学も宗教も目指すところは似ており、コインの表と裏のようなものといえるかもしれませんね。

Q：瞑想も「ヨーガ」の一つだと思うのですが、具体的にどのように行えばいいですか？

A：瞑想は『バガヴァッド・ギーター』が伝える「ヨーガ」の柱の一つです。6章では、瞑想のことがこのように書かれています。

その座に座り、意《マナス》(思考器官)を専ら集中し、心と感官の活動を制御し、自己の清浄のためにヨーガを修めるべきである。(第6章12節)

体と頭と首を一直線に不動に保ち、堅固(に坐し)、自らの鼻の先を凝視し、諸方を見ることなく、(第6章13節)

自己(心)を静め、恐怖を離れ、梵行(禁欲)の誓いを守り、意を制御して、私に心を向け、私に専念し、専心して坐すべきである。(第6章14節)

ここに示されていることは、背筋をまっすぐに伸ばし、しっかりと安定した姿勢を保ち、自分の感覚器官と心を一点に集中させることが大切だということです。

いきなり「心を無にする」だとか「邪念を抱かないようにする」など、多くの方が瞑想に抱くようなイメージはここにはでてきません。忙しく動き回る心を一点に集中させようと意識すること。まずは、この練習を続けるのがよいかと思います。

本文中に、**「私に心を向け」「私に専念し」とあるのは、この世界の摂理である「イーシュヴァラ」へ心を向けるということを指しています**。イーシュヴァラは広大にして無限、この世界を動かす大きな力のことです。

私たちの五感ではとらえることができない、想像をはるかに超える世界に意識を向けることで、雑念が湧きにくくなり、瞑想が深まりやすくなるといわれています。

Q：『バガヴァッド・ギーター』は神様が戦いを促すような物語に見えてしまうのですが……

A：確かに、『バガヴァッド・ギーター』を文字だけ追って読んでいくと、神様が戦いを促すように読めなくもありません。実際に、戦いをしぶるアルジュナにクリシュナが「戦え」と口にするシーンが描かれています。

『バガヴァッド・ギーター』の舞台が戦場なのは、「人間が考えられる中で窮極的ともいえる葛藤状態」を表現するためだといわれています。確かに、「生きるか・死ぬか？」「殺すか・殺されるか？」というこれ以上ない極限の葛藤を表現するには、『バガヴァッド・ギーター』ほどふさわしい舞台設定はありません。

そして、**人間の心の中は常に戦争（葛藤）状態であるという寓意が込められている**ともいわれています。「好き・嫌い」「正しい・正しくない」「きれい・きたない」といった狭間の中で人間は苦しみ、悩みます。そんな心の状態を「戦場」として喩えているのが『バガヴァッド・ギーター』という物語だということです。

一つの寓意として戦場が使われているのであって、神様がやみくもに戦いを勧める物語ということではありません。

Q：いつも悩んでいる友達がいます。『バガヴァッド・ギーター』を学ぶとともよいように思いました。どのようにしたら手に取ってもらえるでしょうか？

A：私たちは、他人の心を変えることはできません。私たちに「好き・嫌い」があるように、友達にも「好き・嫌い」があるからです。それらを簡単に変えることができないのは、自分のことを振り返ってもらえれば容易に想像できるかと思います。

『バガヴァッド・ギーター』を学ぶとよいだろうな……と感じたのは、友達を思う尊い気持ちだと思います。ただ、友達には友達なりの世界があるはずです。そして、『バガヴァッド・ギーター』は**自分自身のために学ぶものであって、布教するものではありません。**なので、友達から請われていないのに『バガヴァッド・ギーター』のことを伝える必要はないでしょう。

いずれあなたが、『バガヴァッド・ギーター』の教えを少しずつ理解したとき、それにともなってきっと人間的な成熟が深まっていることでしょう。友達がそんなあなたを見て、「なぜ、そんなに軽やかに生きていられるの？」と質問されることがあるかもしれません。仮にそんなタイミングがあれば、『バガヴァッド・ギーター』のことをありのままに話をすればよいかと思います。

Q：『バガヴァッド・ギーター』本編を読む際に何を気をつけたらよいでしょうか？

A：本書をお読みいただくことで、『バガヴァッド・ギーター』の全体イメージは頭に入るかと思います。次は、本を実際に手に取って、気になった箇所から読んでいただくとよいかと思います。

分からない箇所があっても「今は分からないけどいつか分かる……」という気持ちで読んでいただくとよいかもしれません。『バガヴァッド・ギーター』は、今の心の状態以上の読み方はできないといいます。そのため、くり返しくり返し読みながら、少しずつ理解に落とし込んでいくしかありません。

私にとっての『バガヴァッド・ギーター』は、読むたびに「え？　こういうことが書いてるんだ！」という驚きを与えてくれる本です。もちろん、自己啓発書やノウハウ本などとは違ってすぐに理解できることばかりではありません。そのため、「すぐに分かろうとしない」「理解できるまであきらめない」という姿勢を持つことが必要かもしれません。

そして何より大切なのは『バガヴァッド・ギーター』の教えを正しく理解する先生に学ぶことです。

Q：いつか時間ができたら『バガヴァッド・ギーター』を学びたい、と思っているのですが……

A：確かに、仕事や家庭での役割を果たしながら、勉強をする時間をつくるのは大変なことだと思います。そのため、「いつか時間ができたら学びたい……」と思うのも分からなくはありません。

ただ、「いつか」は必ず訪れるかどうかは分かりません。

いざ、学ぶ時間ができたとしても、学ぶための気力がなくなっているかもしれません。視力が落ちていて本を読めなくなってしまっているかもしれません。他の「やるべきこと」でいっぱいになっているかもしれません。

「いつか」は保証されていないものだと理解した上で、今学ぶかどうかを考えるとよいかと思いますここは、皆さんが答えをだすしかありません。

Q：「いいことをするといい結果が生まれる」という考えは日本にもありますよね。「カルマ」の考え方にとても似ていると思いますが……

A：日本文化に根づいている仏教は、もともとお釈迦様によってインドで開かれたものです。それがシルクロードなどを経由して1500年ほど前に日本に伝来し、長い時間をかけて日本に浸透していったものです。

その仏教には、「カルマ（行い）」や「サムサーラ（輪廻）」といったインド哲学と同じ考え方が説かれています。当時のインドで根づいた思想は、仏教やインド哲学に限らずこうした考え方が普遍的だったようです。日本人の中にも「因果応報」や「生まれ変わって次の人生を生きる」という考え方がある理由の一つとしては、こうした影響だといっていいかもしれませんね。

このほかにも、インドと日本の文化との間にはたくさんの共通項があります。それらを知ることは、日本のことを客観的に知ることにもつながってくるかと思います。

Q：アルジュナはその後、どうなるのですか？

A：クリシュナの言葉で戦うことに迷いがなくなったアルジュナは、「マハーバーラタ戦争」で勇猛果敢なはたらきをします。18日間の激戦の末、敵軍の総司令官であるビーシュマやドローナ、宿敵のカルナを打ち破り自軍を勝利に導きます。ただ、自らの息子・アビマニユを戦争で失うなどの苦しみも味わうことになりました。

おわりに

「どうしたら、成功するのか？」

思えば、そんなことばかり考えていた30代でした。世界を旅するバックパッカーから心機一転、小さな会社を創業したのが31歳の時。時代の流れにも乗ったおかげで、会社は瞬く間に成長を遂げました。

自己啓発やビジネスの情報をあれやこれやと追いかけては人脈づくりに余念がない……今でいうところの「意識高い系」だったかもしれません。体力や気力もありましたので、朝から晩までよく動きました。

社員はどんどん増え、大きな事務所に引越し、たくさんの収入を得られるようになっていきました。「これこそが、創業前に夢見ていた『成功』だ」という実感がどこともなく私を満たしていきました。

ただ、「成功」は「よろこび」以外のものももたらしました。

はじめに、「恐れ」が押し寄せてきました。「売上が減ったらどうしよう……」「支払いができなくなったらどうしよう……」という心配です。今はうまくいっていても、いつそういうことに直面するか分かりません。

そして、「ベテラン社員の突然の退社」「取引先の突然の方針変更」……、会社経営は「恐れ」をもたらすものが無数にあるかのように感じました。

そんな時、「本当にやりたいことって、これだったのかな？」という疑問がやってきました。同業者との激しい競争に明け暮れ、「打ち合わせ」と称しては意思決定権者とお酒を共にする日々。「売上があがっているし……」と自分を納得させつつも、どこか埋まらない何か……。自分自身が「見えない鎖」に束縛されているような感覚。「成功」を味わえば味わうだけ窮屈になっていく、そんな摩訶不思議な気分でした。

そして、その疑問をひもとく答えは、自己啓発やビジネスの情報の中に何一つ見つけることはできませんでした。『バガヴァッド・ギーター』という一見するとビジネスとは縁遠いような知識、そこに私の求めていたものはあったのです。

インド哲学の学びを深めていくことで、たくさんの感覚がやってきました。

- 少しずつ視界が開けていくような感覚
- 凝り固まっていたものがほどけるような感覚
- モヤモヤしていたものが断ち切られる感覚

今思うとそれらは、自分を縛り付けていた「見えない鎖」の姿を明らかにしていくプロセスだったのかもしれません。

この本は、

- インド哲学を学びたいと思っている
- この世界について、自分について知りたいと思っている
- 困難なことに向き合っていて、何かヒントが欲しいと思っている
- ヨガをやっている

という方々を意図して、一人のヨガ哲学の実践者の立場からまとめました。「勉強していてここが難しかったよな」と、過去の自分を振り返りながら、自問自答してまとめたものです。ご縁あって手に取っていただいた皆さんの、何かしらお役にたてればうれしく思います。

最後に、インド哲学を学ぶ機会をくださった向井田みお先生、ムニンドラ・パンダ先生。サンスクリットを教えていただいた渡邉郁子先生。そのほか、多くの諸先生に心からの謝意を示したいと思います。

私は、先生方から教わったことをできるだけ忠実に実生活で活かしてきたつもりです。そして、それらを小さな勉強会でお伝えしてきました。

ただ、なにぶん学びの途上にある身です。私なりの解釈でインド哲学をとらえてしまい、我流で考えてしまっていることもあるかもしれません。

この点におきましては、すべての責任は私に帰属いたします。

そして、一経営者である私に「インド哲学の本」をまとめるというまたとない機会を与えてくださったガイアブックスの吉田初音代表、根気強く本づくりの作業をしていただいた田宮次徳編集長に深く御礼申し上げます。まことに、ありがとうございました。

大塚 和彦（おおつか かずひこ）

1970年埼玉県出身。國學院大學文学部を卒業後、経営コンサルティング会社で社会人としてのスタートを切る。その後、世界を旅するバックパッカーへと転身し世界各地を回る。社会復帰後の2001年、有限会社ヴィジョナリー・カンパニー（現、株式会社）を創業。日本では数少ない「オラクルカード・タロットカードの専門会社」として、出版、卸売、国外への輸出入、ライセンスビジネスなど幅広い業務を展開する。日本神話の神々をカードとして表現した『日本の神様カード』や、インド哲学をテーマにした『バガヴァッド・ギーターカード』など、「古来からの叡智」を現代風に表現したカードを多数発表。これまでに90作を超えるカードの企画・制作を手がける。現在は、会社代表者として経営実務を行うかたわら 、インド哲学、日本神話、オラクルカードなどのテーマで講座を行っている。著書に『はじめてでもよくわかる！ 占いカード制作マニュアル』（説話社）、『インド哲学式悩まない習慣』、『神様と仲よくなれる！ 日本の神様図鑑』（新星出版社）、共著作に『いちばんていねいな、オラクルカード』（日本文芸社）など多数。

参考文献

『バガヴァッド・ギーター』上村勝彦（岩波文庫）

『バガヴァッド・ギーター　ヒンドゥー教の救済』上村勝彦（ちくま学芸文庫）

『やさしく学ぶYOGA哲学　バガヴァッド・ギーター』向井田みお（アンダーザライト ヨガスクール）

『やさしく学ぶYOGA哲学［原典訳］バガヴァッド・ギーター』前編・後編 向井田みお（アンダーザライト ヨガスクール）

『バガヴァッド・ギーターカード』向井田みお（ヴィジョナリー・カンパニー）

『インドの聖典』ムニンドラ・パンダ（アート・インターナショナル）

『BHAGAVADGITA HOME-STUDY-COURSE バガヴァッドギーター』　スワミダヤーナンダ（著）　パラヴィッディヤーケンドラム（訳）（NextPublishing Authors Press）

なお、本書における『バガヴァッド・ギーター』引用文は、上村勝彦先生のご著書（『バガヴァッド・ギーター』上村勝彦著（岩波文庫））に準拠いたしました。謹んで御礼申し上げます。

著者：
大塚 和彦（おおつか かずひこ）
※略歴はp.251参照

イラストレーター・グラフィックデザイナー：
佐とう わこ（さとう わこ）
女子美術大学絵画科（洋画）卒業。筆記具メーカーの販促デザイナーとして11年在籍。2000年よりフリーランス。書籍や広告・ロゴデザインなど様々な媒体で活動中。写実からシンプルなタッチまで幅広い作風のイラストレーション。草加市ゆるキャラ専任デザイナー。

ご購入者様特典のご案内

本書に収録されていない、「バガヴァッド・ギーター」オリジナルコラム集と、著者出演動画コンテンツにアクセスできます。

QRコードまたは下記URLよりお進みください！

https://www.gaiajapan.co.jp/news/campaign/7035/

いちばんていねいで いちばん易しい インド哲学
超入門『バガヴァッド・ギーター』

発　　行　2023年4月20日
第 2 刷　2024年9月10日
発 行 者　吉田　初音
発 行 所　株式会社**ガイアブックス**
　　　　　〒107-0052 東京都港区赤坂1-1 細川ビル2F
　　　　　TEL.03(3585)2214 FAX.03(3585)1090
　　　　　https://www.gaiajapan.co.jp
印 刷 所　日本ハイコム株式会社

ISBN978-4-86654-073-3 C0036

落丁本・乱丁本に関しては、下記URLよりお問い合わせ下さい。
https://www.gaiajapan.co.jp/news/info/7233/